Film Pathé. Production Ermolieff.

La lettre qui troublait ainsi Henriette était grossière et menaçante.

LA FILLE SAUVAGE

****

LA JOLIE FUGITIVE

JULES MARY

LA FILLE SAUVAGE

ROMAN DRAMATIQUE

abondamment illustré par les photographies du film

Mise en scène de M. Henry Etiévant
:: Production : Ermolieff-Cinéma ::
:: Pathé Consortium Cinéma éditeur ::

****

LA JOLIE FUGITIVE

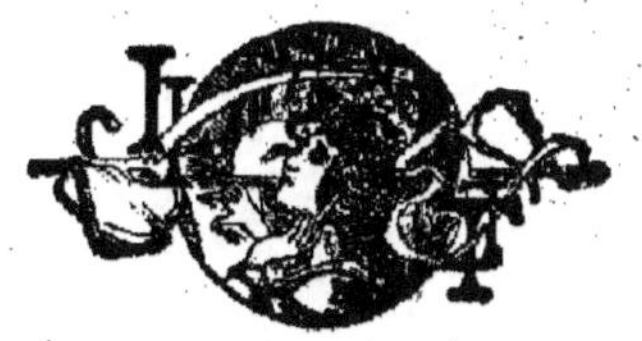

CINÉMA-BIBLIOTHÈQUE
Éditions JULES TALLANDIER
75, Rue Dareau, PARIS (XIVe)

LA FILLE SAUVAGE

QUATRIÈME PARTIE

LA JOLIE FUGITIVE

I

LILIANE CONTRE TOUS

La femme de chambre de Liliane était entrée chez sa maîtresse en lui remettant une carte sur laquelle la jeune fille avait lu :

— Renaud Raigice...

Et comme, saisie de surprise et dans un trouble poignant, Liliane gardait le silence, la femme de chambre avait demandé :

— Dois-je faire entrer ce monsieur ?

Alors, elle avait répondu faiblement, le cœur battant avec force :

— Oui...

Puis, elle avait attendu, si heureuse et en même temps si effrayée de se retrouver devant Renaud qu'elle ne le vit point s'approcher d'elle.

Lui, du reste, était aussi ému que Liliane, et, pour venir ainsi l'affronter, il lui avait fallu la conscience d'un grand devoir à accomplir.

L'arrivée de la jeune fille à Neuvisy avait été pour Renaud un coup de fou-

dre. Il l'avait laissée à New-York quelque temps auparavant et, soudain, il la rencontrait au fond des Ardennes, dans sa famille.

Et venue seule ! ! Enfuie, au hasard des aventures !

Oui, cela en était la preuve, il était aimé avec emportement.

Quelle force il lui avait fallu pour ne se point montrer, là-bas, quand il l'entendait causer avec le vieux Raigice, avec la mère !

Il s'était contenu, avec des larmes de rage et de désespoir.

La femme de chambre avait refermé la porte.

Nul témoin entre eux.

Elle restait assise, la tête penchée, comme à cent lieues de là.

Il dit, dans un reproche d'une douceur infinie :

— Oh ! Liliane, Liliane, pourquoi êtes-vous venue ?

Elle releva le front.

Un moment, toute sa rancune éclata, dans une violence dont elle ne fut pas maîtresse :

— Je suis venue parce que vous avez

manqué de confiance envers nous, dit-elle, et parce que j'ai voulu apprendre malgré vous, et malgré tout le monde, ce que vous teniez tant à me cacher.

— Votre père et votre mère ne savent-ils donc pas ce que vous êtes devenue ?

— Non.

Ce souvenir, apparaissant brusquement dans le reproche qu'elle recevait, calma sa violence.

Elle fondit en larmes.

— Mon père ! ma mère ! murmura-t-elle.

— Vous n'avez donc pas pensé à eux, à leur mortelle inquiétude ?

— Je n'ai pensé qu'à vous, Maurice, à vous seul, Maurice...

Elle lui donnait, sans y songer, le nom sous lequel elle l'avait connu et aimé !

— Et depuis que vous êtes en France, leur avez-vous donné de vos nouvelles ?

— Je n'ai pas osé.

— C'est mal, Liliane, c'est très mal...

— Oui... pardon... ne me faites pas de reproches.... je ne suis pas méchante...

Et ses larmes redoublèrent. Puis, tout à coup, elles cessèrent brusquement. La douleur, de nouveau, faisait place à la colère.

— Que vous importe ce que j'ai fait, après tout ? dit-elle. Et où prenez-vous le droit de contrôler ma conduite ?

Il sourit tristement.

— Où prenez-vous le droit, Liliane, de découvrir les actes de mon passé ?

— Dans mon amour, vous le savez bien... dit-elle bravement...

— Votre amour pour moi n'est pas possible, Liliane, il faut oublier.

— Pourquoi ?

— Hélas ! vous êtes venue surprendre mon père et ma mère, surprendre mon vrai nom, surprendre mon secret... N'êtes-vous pas instruite, maintenant, de tout ce que vous vouliez savoir ?... Pourquoi m'imposer la tristesse de vous démontrer ce qui est évident... c'est-à-dire

que moi, sur qui pèsera toujours une accusation de meurtre, et qui, aux yeux du monde, suis déshonoré, je ne peux pas lier ma vie sans honneur à la vôtre et vous faire partager le fardeau d'un passé dont vous n'êtes pas coupable ?

— C'est bien là votre grande raison, n'est-ce pas ?

— Peut-être vous en donnerai-je d'autres si celle-là ne vous a pas convaincue.

— Est-ce que vous croyez que je n'ai pas pensé à cela ? dit-elle en haussant les épaules...

« Si j'agis parfois en coup de tête et comme une petite fille, je réfléchis aussi souvent comme une femme. Regardez-moi bien, Maurice.

Il la regarda, froid en apparence.

Mais comme il était torturé, au fond !

Elle attacha sur lui son regard lumineux, ses larges yeux sombres de petite sauvage, tout emplis de douceur en cette minute.

Et elle redit, dans sa franchise audacieuse et si chaste pourtant :

— J'ai pensé à cela et je vous aime toujours...

Mais Renaud se posséda... Il savait qu'il aurait à lutter contre cette tentatrice et que le danger serait bien grand puisqu'il avait à lutter aussi contre l'entraînement de son propre cœur.

Il s'était préparé à cette lutte douloureuse.

Elle ne rencontra, chez le jeune homme, que des yeux froids, clairs, sans trouble, où il y avait seulement une résignation calme.

— Il ne faut plus m'aimer.

— Il est trop tard, Maurice. C'était autrefois qu'il fallait me mettre en garde contre moi-même.

Il redit, avec la même voix grave :

— Il ne faut plus m'aimer...

— Douteriez-vous vraiment que je croie en votre innocence ? Soyez juste envers moi, Maurice. Il ne m'est pas venu à l'esprit, une seule fois, en lisant les détails de ce douloureux procès, que vous fussiez coupable... Et puis, je vous le répète, il n'est plus temps de revenir sur ce qui est... Il fallait me confier la vérité, à l'époque où vous avez cru comprendre que je commençais à vous aimer...

— Oui, j'ai été lâche !

Elle eut un geste d'orgueil et de tendresse.

— Consolez-vous de votre lâcheté, Maurice... Si, à cette époque, vous m'aviez tout avoué, et plus même que les débats de ce procès ne m'en ont appris, je vous le jure, Maurice, je vous aurais aimé malgré cela... Vous ne pouvez douter maintenant que je croie en votre innocence...

— Vous y croyez, Liliane, et voilà ce qui m'effraye !

— Ce qui vous effraye, Maurice ?

— Hélas ! ne vous l'ai-je pas dit ? Je crains l'avenir... Puis, raisonnons... Vous me croyez innocent, qui vous le prouve ?

— Mon amour pour vous... l'instinct des femmes — qui ne les trompe guère.

— Vous avez lu les débats, vous avez vu dans quelles conditions j'ai été acquitté ; cet acquittement me déshonore puisqu'il laisse planer sur moi la suspicion... quelles raisons avez-vous de croire à mon innocence, alors que personne n'y a jamais cru ?

— Je n'ai pas de raison et je n'en ai nul besoin, dit-elle fiévreusement, puisque je vous aime... Vous n'avez pu prouver votre innocence, alors, et vous avez failli être condamné, vous n'en avez été que plus malheureux. Depuis vous l'avez essayé sans doute... je ne sais quels obstacles vous ont empêché de réussir... vous n'en souffrez que davantage... Moi, je ne rencontrerai sans doute pas les mêmes obstacles et le résultat auquel vous tendiez, je l'obtiendrai...

— Liliane, implora-t-il...

Et obstinément, avec une sorte d'épouvante :

— Il ne faut plus penser à moi !... Il faut m'oublier !

— Jamais ! Jamais !

— Liliane, songez que si nous étions mari et femme, après les premières ivresses et lorsque viendrait la réflexion, lorsqu'il nous faudrait ne plus vivre seulement de nous-mêmes et pour nous-mêmes, lorsqu'il nous faudrait vivre aussi de la vie des autres et prendre dans la société la place qui vous est due, à vous sinon à moi, songez à ce que serait cette existence... Les ressouvenirs, les craintes, les doutes n'entreront-ils pas dans votre esprit ?

— Jamais !

— Vous les repousserez tout d'abord avec horreur, mais vous subirez l'influence de ceux qui vous entoureront. Nous aurons eu beau essayer de vivre éloignés de tous, cela ne serait pas possible longtemps. Il vous faudra des relations ! Où les trouverez-vous ? Et si vous les trouvez, quelles seront-elles ? Peu à peu, le monde où vous êtes appelée à vivre vous plaindra... mais vous plaindra de loin, car il ne vous recevra pas... Comment ferais-je, moi, pour y paraître ? Et de quel front oserais-je soutenir les regards curieux qui convergeraient vers moi ? Je serai l'acquitté, l'acquitté à la mode, si vous voulez... mais les femmes nerveuses se surprendront à regarder mes mains afin de voir, sans doute, comment sont faits les doigts qui savent si bien planter un couteau dans le cœur d'un homme... Oui, vous résisterez longtemps et vous m'entourerez de tout votre amour... et tant que votre amour durera, je saurai bien, moi, du moins, me passer du reste, mais vous, chère Liliane, vous, chère enfant, que deviendrez-vous en face de la réalité triste et de l'avenir sans remède, et de votre vie perdue, lorsque, peu à peu, votre amour aura diminué, sera mort, sous les attaques incessantes, déguisées ou brutales, sous les insinuations perfides dont je serai l'objet ?...

— Pour moi, vous n'avez pas besoin de réhabilitation, et s'il vous en faut une, c'est mon amour qui vous l'apportera ! !

— Pauvre, pauvre enfant ! ! murmura-t-il. Vous vous croyez capable de supporter une pareille vie ! Hélas ! vous y succomberez bien vite !

— Si vous croyez cela, Maurice, c'est que vous doutez de mon amour... En doutez-vous donc ?

Il faiblit un moment. Il lui fallait toute son énergie d'homme pour ne point la prendre dans ses bras, cette adorable créature, et pour ne point la couvrir de caresses.

— Je n'en puis douter... dit-il.

Et maîtrisant son émotion, restant calme et froid :

— Il est inutile que vous cherchiez à me réhabiliter. Là où j'ai échoué moi-même, vous n'avez, vous, aucune chance de réussir...

— Il se peut. Je le verrai bien. Et à ce propos, je vous ferai un reproche. Pourquoi, depuis la mort de M. Villedieu, avez-vous laissé s'écouler des années avant de tenter la découverte de la vérité ?...

« Vous avez échoué parce que vous vous y êtes pris longtemps après. Vous auriez réussi peut-être si vous vous y étiez pris tout de suite...

— Je n'ai pas eu le courage de rester en France...

— Et maintenant, quel est votre but ?

— Vivre ignoré de tous... La générosité de votre père envers moi, depuis que je suis à son service, m'a permis d'aider mes parents de telle sorte qu'ils ont pu payer les dettes contractées par eux au cours de mes études. La ferme, maintenant, leur appartient. Ils en vivent. J'en vivrai auprès d'eux. Et plus tard, lorsqu'ils ne seront plus là, j'en

vivrai comme eux. Là-bas, dans mon village, chacun connaît mon histoire, et l'on me plaint et l'on m'aime, car les gens y sont simples et bons... Beaucoup m'ont vu naître. Je suis l'ami de tous... Et pas un ne croit que j'aie pu, même par passion ou colère, un jour, être meurtrier...

« Je tâcherai de retrouver un peu de calme, la paix de la vie, en restant là, oublié de tous...

Elle dit, la voix contenue, un mot, un seul, qui le bouleversa :

— Et moi ?

— Vous, Liliane ?

— Oui, moi ?... Que deviendrai-je ? Car vous ne parlez que de vous... en tout cela... il semble que vous soyez seul intéressé à ces tristesses et vous voulez me mettre en dehors de votre vie...

— Oh ! vous aurez du chagrin, je le crois, oui, je le crois, mais peu à peu les jours en s'accumulant effaceront ces souvenirs mauvais... Plus tard, vous me rendrez justice lorsque vous vous sentirez heureuse, dans le monde, le luxe, l'élégance où vous êtes appelée à vivre ; et alors, en vous rappelant mes paroles d'aujourd'hui et mes craintes, vous aurez pour moi une pensée, une pensée de reconnaissance attendrie...

Elle serra ses petites mains dans une contraction de colère.

— Ah ! taisez-vous, taisez-vous, ou vous me feriez croire que vous n'avez point de cœur et que vous ne m'avez pas aimée...

Il dit, du même ton froid :

— Il faut le croire, en effet, Liliane... Et je n'ai plus qu'un conseil à vous donner. Avertissez le plus tôt possible votre père et votre mère de votre séjour à Paris, afin de les tranquilliser, et regagnez New-York en toute hâte... Voulez-vous me le promettre ?

— Les avertir, peut-être... Retourner à New-York, jamais !

— Liliane !

Les angoissantes préoccupations qui harcelaient Jodry-Thuret minaient sourdement sa résistance physique et, un jour, il tomba malade, sans forces, le cerveau affaibli.

— Non... jamais, avant de savoir ce que je veux... car je veux savoir, je vous l'ai dit, et rien au monde ne m'empêchera d'aller jusqu'au bout dans la voie que je me suis tracée. Écoutez-moi, Maurice, et répondez franchement aux questions que je vais vous poser. Vos réponses m'aideront peut-être à découvrir la vérité...

La vérité ! voilà justement ce qu'il voulait qu'elle n'apprît jamais !

La vérité qui la tuerait, cette enfant, en la conduisant jusqu'au crime de sa mère.

La vérité, à laquelle, pour qu'elle restât toujours dans l'ignorance, il se sacrifiait, lui, Renaud, pour la seconde fois...

— Que désirez-vous apprendre, Liliane ?

— Il est un détail de votre procès que j'ai relu bien des fois, dit-elle, la voix basse et sourde... car il me semble que ce détail renferme peut-être la clef du mystère...

« Ce détail, je l'ai retrouvé aussi bien dans l'instruction de votre affaire, lorsque le juge, pendant l'enquête, vous interrogeait, que durant les débats, alors que votre avocat, M° Jodry-Thuret, vous défendait...

— Ce détail ?...

— Quelle est donc la femme qui, en tout cela, a joué un rôle de lâcheté et d'infamie ?

Il voulut protester. Elle ne lui en laissa pas le temps.

— Vous n'allez pas nier, Maurice, car, moi, j'ai des preuves !...

Malgré lui, la sachant si énergique, prête à tout, il s'effraya.

Que savait-elle donc ?

— Devant le juge d'instruction, vous avez dit, à plusieurs reprises : « Quelqu'un viendra qui me sauvera. Je suis bien tranquille... » Est-ce vrai ?

— Je ne puis le nier. Cela est exact.

— Et... cette personne ne vint pas ?...

— Non...

— A l'audience, votre avocat n'a pas craint de révéler que cette... personne... si infâme... si misérable... était une femme..., et sur cette malheureuse il a appelé, en termes profondément émus, l'indignation de tous...

— M° Jodry-Thuret s'est trompé, Liliane... Je l'ai déclaré à l'audience et je vous le répète à vous : il ne s'agissait pas d'une femme...

Elle haussa les épaules.

Elle regardait Renaud tout à la fois avec pitié, avec colère, avec amour. Et, tout à coup, douloureusement :

— Il faut vraiment que vous l'aimiez bien, pour, après ces années écoulées, vous sacrifier toujours en essayant de la sauver encore du déshonneur...

— Je vous ai dit, Liliane...

— Je vous dis, moi, que c'est vainement que vous essayez de me tromper... Cette femme... je ne la connais pas... mais, sachez-le, Maurice... j'ai entendu sa voix, de même que j'ai entendu la vôtre, dans le pavillon des Bois-Murés, le soir du crime, entendez-vous, Maurice ?...

Il lui avait pris les mains, troublé, pâle.

— Que dites-vous, Liliane ?

— Nous habitions Primerose et le pavillon était pour moi un but de promenade, tous les jours, et souvent même le soir... Ce soir-là, je m'y trouvais, la curiosité m'y avait amenée, parce que j'avais surpris ce rendez-vous, huit jours avant... J'étais entrée dans la chambre du premier étage et j'ai entendu deux voix dans la chambre du rez-de-chaussée... oh ! elles résonnent encore à mes oreilles... deux voix dont l'une était sèche, nerveuse, impérieuse — et c'était la voix d'une femme — et dont l'autre implorait, et c'était la voix de l'homme... Ah ! vous m'écoutez, Maurice, vous m'écoutez avec attention...

— Parlez, Liliane, parlez, ma pauvre enfant... Ces voix disaient ?

— L'une d'elles redemandait des lettres... l'autre suppliait et craignait une rupture... elle éclatait en reproches... et celle-ci, c'était votre voix, Maurice...

Il fit un signe de dénégation.

Elle poursuivit :

— Oh ! je comprends ce que vous voulez me dire. Vous voulez me dire qu'après ces années je ne puis me rappeler ainsi le son de cette voix. Il est vrai... bien que, pourtant, maintenant que j'ai l'esprit prévenu, il me semble au contraire me souvenir parfaitement... Mais ai-je besoin de cela ? N'avez-vous pas reconnu, vous-même, pendant l'enquête, que vous étiez venu aux alentours des Bois-Murés ? Ne vous a-t-on pas aperçu à la gare de Cesson, le soir, à votre arrivée, la nuit, lors de votre départ ? N'avez-vous pas été surpris par le chemineau Le Méchou, sortant des Bois-Murés, à peu près vers l'heure où le meurtre avait dû être commis ? C'était vous, Maurice, qui vous trouviez dans ce pavillon... Vous, avec une femme... une femme que vous aviez aimée, que vous aimiez encore, puisque vous étiez désespéré de vous séparer d'elle...

— Que savez-vous encore ?

— Je sais que Me Jodry-Thuret n'a pas menti lorsqu'il a affirmé aux jurés et aux juges qu'à l'heure même du meurtre une femme vous retenait et que la déclaration de cette femme aurait pu faire éclater votre innocence...

— Qu'importe à présent ? Mon innocence n'a-t-elle pas été reconnue ?

— Vous m'avez dit vous-même que votre acquittement vous déshonore...

— Supposons que vous ne vous trompiez pas, Liliane.

La voix de la jeune fille s'altéra :

— Ainsi, il y avait bien là une femme ?

— Oui.

— Et vous l'aimiez ? ardemment ? avec passion ?

— Oui.

— Et voilà pourquoi vous n'avez pas voulu que son nom fût prononcé ?

— Il est vrai... Pourquoi, Liliane, m'obligez-vous à répondre ainsi ?

— Si cruelle soit-elle, je veux la vérité... Aujourd'hui, puisque vous refusez de prononcer ce nom, c'est donc que les raisons de votre silence existent toujours...

— Toujours ! dit-il, en baissant les yeux, de plus en plus pâle.

— Vous... vous l'aimez encore, Maurice ?

— Oui... oui, je l'aime !

— Vous m'avez donc menti, à moi ?

— Je vous ai menti.

Elle vint à lui, soudain, lui appuya les mains sur les épaules.

— Vous n'osez plus me regarder, pourquoi ?

— Parce que je me sens indigne de vous.

— Le sentiment de cette indignité vous vient bien tard...

Il se tut.

Il y avait encore de la compassion dans les yeux de Liliane, mais cette fois avec je ne sais quelle joie intime et profonde :

— Oui, ce sentiment vous vient bien tard, Maurice... Ce n'est pas aujourd'hui que vous auriez dû l'avoir, mais autrefois, à New-York, lors de nos premières rencontres... puisque, alors, vous ne m'aimiez pas... Vous ne m'aimiez pas, assurément, car ce n'est pas l'amour qui vous obligeait de fuir, et qui vous ramenait quand même auprès de moi...

« Ce n'est pas l'amour qui vous a jeté au-devant de Dorritt, lorsque fut donnée cette fête de charité dont le souvenir, sans aucun doute, n'a laissé aucune trace dans votre mémoire... Si vous m'aviez aimée, l'amour et la recherche de Dorritt vous eussent laissé indifférent, et si vous m'aviez aimée, vous ne vous fussiez point troublé en recevant de moi cette fleur sur laquelle j'avais mis un baiser, n'est-ce pas ?...

— Liliane, pourquoi rappeler ces choses lointaines et qui ne seront plus ?...

— Lointaines, pas autant que vous le dites, car il me semble, à moi, que cela s'est passé hier... Et pourquoi prétendre qu'elles ne seront plus ?

De l'amour, dans les paroles de la jeune fille, certes, mais de la colère aussi, une colère qui se *révoltait* contre cette apparente froideur de l'homme en qui elle savait bien que brûlait une ardente passion.

D'une voix brève, qu'elle accentuait, de temps en temps, par un petit rire nerveux, ironique :

— C'est parce que vous ne m'aimiez pas que vous vous êtes montré jaloux de Dorritt, c'est tout naturel... N'est-il pas vrai ? Car si vous m'aviez aimée, il ne vous serait pas venu à l'idée d'empêcher cet homme d'acheter, au profit des pauvres, une seconde fleur sur laquelle j'aurais mis un second baiser ? Car en quoi cela vous pouvait-il émouvoir, ce baiser ? Dites.. Et alors, Dorritt, qui est très riche, a lancé surenchère sur surenchère... ayant l'air d'afficher, aux yeux de tous, l'amour dont il me poursuivait... Et vous, qui êtes pauvre, vous étiez réduit au silence... Si vous m'aviez aimée, l'amour vous eût sans doute suggéré une idée, car vous étiez témoin de ma gêne et de mon trouble... je ne voulais pas, je ne pouvais pas donner à cet homme le même gage d'affection que vous veniez de recevoir de moi... Et ne m'aimant pas, votre indifférence a fait naître en vous l'idée qui me sauvait. Sans amour pour moi, vous avez vendu votre vie à Dorritt... et vous la lui avez vendue juste le prix qu'il offrait de cette fleur et de ce baiser. Vous avez fait cela et vous ne m'aimiez pas ! achevait-elle

la voix devenue tremblante. Qu'auriez-vous donc fait de plus, Maurice, si vous m'aviez aimée ?

Il voulut répondre, un geste de Liliane l'en empêcha.

— Dorritt n'était pas homme à réclamer l'exécution d'un pareil contrat, de ce contrat fou et terrible ?... Je le connais.. C'est un sauvage... Vous aviez vendu votre vie... Il l'avait achetée... Il voulait vous tuer... Comment vous a-t-il manqué, lui dont l'adresse est légendaire ? Ceci est pour moi incompréhensible... Comment, par trois fois, sa main a-t-elle tremblé ?.. Et puisqu'un pareil miracle s'est produit, en vous arrachant à une mort certaine, une mort que vous avez cherchée à cause de moi, Maurice, comment voulez-vous que, sans être superstitieuse, je ne sois pas sûre, désormais, que rien ne vous séparera plus de moi, que vous serez à moi, malgré vous, malgré tous, malgré le monde entier ?... Du jour où vous êtes sorti, sain et sauf, des mains homicides de ce sauvage, vous m'avez appartenu... le bon Dieu vous réservait pour moi..

Il sentit qu'il s'attendrissait. Il refoula cette émotion.

Elle murmura :

— Ah ! que vous êtes cruel ! Et que c'est mal, mon Dieu, que c'est mal !

Sa colère, son ironie tombèrent. Elle ne retint plus ses larmes.

Et à travers ses sanglots, elle disait encore :

— Vous ne m'aimez pas et vous vous trouvez indigne de moi ?

Elle tira de son corsage une lettre toute chiffonnée, lue et relue cent fois.

— Pourquoi, dès lors, m'avoir écrit ces mensonges ?

Et lisant :

« Vous avez surpris le secret de mon « amour... J'aurais tant voulu vous le « cacher ! Cela ne se peut plus. Il est « vrai, je vous aime. Je serais prêt à

« faire tout au monde pour vous le prou-
« ver, et ceci n'est pas un vain mot... »

Elle n'eut pas le courage d'aller plus loin.

Elle replia la lettre et la cacha dans son nid parfumé.

Il dit avec effort :

— Je serai loyal jusqu'au bout... quelle que soit la peine que je vais vous faire... En vous écrivant cette lettre j'étais sincère...

— Vous m'aimiez ?

— Je croyais vous aimer... Je ne vous aimais pas... Ainsi, Liliane, vous n'avez plus aucune raison de vous occuper de moi et de poursuivre, en ce qui concerne les malheurs de ce passé maudit, la recherche de la vérité.

— On dirait vraiment que vous avez peur que cette vérité n'éclate au grand jour ?

— Vous ne vous trompez pas. J'en ai peur.

— Eh bien ! je poursuivrai mon enquête malgré tout.

— A quoi bon, Liliane ?

— Je veux, du moins, savoir quel est l'homme que j'ai tant aimé et pouvoir un jour reprocher à votre ami Hector Parabier le serment qu'il m'a fait. Il m'a dit que vous étiez digne d'être aimé, digne de moi, et que votre vie était sans reproches... vous l'avez donc étrangement trompé, lui aussi ?

— Liliane, puisque vous m'aimez, au nom de cet amour, je vous en supplie, renoncez à votre projet...

Elle secoua la tête.

Ses larmes étaient séchées. Elle redevenait impérieuse.

— Renoncez à votre projet, Liliane, car, si vous aviez le malheur de réussir...

— Eh bien ! qu'adviendrait-il ?

— Ce serait une source de larmes et de catastrophes...

— Pour vous ?...

— Pour tous ceux que j'aime... dit-il, éludant ainsi une réponse précise.

Elle resta silencieuse.

Mais il vit, à sa figure énergique, qu'elle ne cédait pas.

Il soupira profondément.

Il avait prévu cette résistance, hélas ! il avait prévu qu'il ne pourrait pas en triompher.

Alors, son parti était pris. Il était prêt à aller jusqu'au fond du sacrifice et de l'héroïsme, pour épargner à cette enfant l'effroyable découverte et l'abîme vers lequel elle courait.

— Liliane, j'avais cru que je ne serais jamais obligé de vous faire un aveu pénible, et vous me voyez infiniment troublé devant cet aveu...

— Oh ! moi, je ne suis pas émue, voyez... j'ai pleine confiance et je suis bien certaine que tout ce que vous pourriez dire ne diminuera en rien l'amour que j'ai pour vous...

— Hélas ! Liliane !

— Voulez-vous que je vous encourage, Maurice ?

Il la regarda avec une surprise un peu craintive.

— Oui, ce que je vous dis vous étonne ? Vous réfléchissez que, pour vous encourager dans l'aveu que vous méditez, il faut, n'est-ce pas, que je soupçonne un peu de quelle nature il est, cet aveu ?... Et il est si terrible que, si je ne vous y aide pas, vous n'aurez jamais le triste courage d'aller jusqu'au bout de ce nouveau mensonge...

— Liliane, qui vous fait croire ?

— Parlez, mon ami, parlez, je vous écoute... J'ai bien deviné votre confidence, mais je me ferais scrupule de vous en enlever le mérite...

— Liliane, j'ignore à quoi vous faites allusion... et l'aveu que j'ai à vous faire vous éloignera de moi pour toujours...

— C'est bien cela, murmura-t-elle... oui, je prévois ce qu'il va me dire...

— Liliane, dans les débats du procès
que vous avez lus, vous n'avez pas pu
couvrir la vérité... car seul je la connais...

Vous avez été trompée, comme
jurés, comme les juges, comme
Jodry-Thuret lui-même... Du premier
jour de l'enquête jusqu'à l'acquittement
à la cour d'assises, un homme a abusé
de la justice, accusé d'abord et finalement triomphant dans son impunité...
En déclarant que son acquittement le
déshonorait, cet homme impudemment
mentait, car cet acquittement lui rendait, au contraire, l'honneur sur lequel
il ne comptait plus et auquel il avait
perdu tous les droits... Cet homme, c'est
moi...

— Ce qui veut dire, clairement, que
vous êtes coupable, n'est-ce pas, Renaud ? fit-elle, impassible.

— Oui, je suis coupable.

— C'est vous qui avez assassiné
M. Villedieu ?

— C'est moi.

— Racontez-moi donc cela, fit-elle, les
yeux moqueurs, reprise de colère contre
cette obstination dont elle ne voyait que
l'étrangeté et dont elle ne pouvait comprendre le côté sublime...

Alors, il fit le récit qu'il avait imaginé,
incohérent, redisant, comme si ce simple aveu pouvait faire passer la conviction dans l'âme de Liliane : « Je suis
coupable ! Je suis coupable ! » Le pauvre
garçon se débattait dans une situation
sans issue, terrifié devant l'avenir, au
jour où cet avenir n'aurait plus de secret pour Liliane... Et elle ne le croyait
pas, non ! Il voyait cela à ce sourire
doux, confiant, à ces yeux dans lesquels
passait tout ce tumulte des sentiments
divers qui agitaient cette âme... Et
quand il eut fini de parler, ayant essayé d'accumuler les preuves de sa culpabilité, elle dit simplement :

— Je ne suis pas surprise de tout ce
que vous venez de me raconter là. C'é-
tait bien cet aveu que je prévoyais... De
ce que je viens d'entendre, pour nous
résumer, il résulte que vous ne m'avez
pas aimée et que vous avez assassiné
M. Villedieu...

« Il résulte aussi que vous aimez toujours la femme avec laquelle vous aviez,
le soir du meurtre, un rendez-vous au
pavillon des Bois-Murés...

« C'est bien... Je ne vous crois pas,
Maurice... et tout ce que vous venez de
me dire, je le répéterai à M⁰ Jodry-Thuret, qui m'attend et qui, sans doute,
après cela, sera de bon conseil.

Anéanti, éperdu, se sentant, lui et elle,
dans l'engrenage d'une machine puis-
sante qui ne pardonnerait pas, qui ne
s'arrêterait que trop tard, lorsqu'ils
auraient, lui et elle, les membres tordus,
le cœur meurtri et ensanglanté, il ne se
défendit plus.

*
* *

M⁰ Jodry-Thuret, en proie à toutes les
tortures d'une jalousie naissante, attendait la visite de Liliane, sans se douter
que cette visite d'une jeune fille qu'il ne
connaissait pas pourrait avoir sur sa
vie une influence extraordinaire.

S'il l'avait su, son trouble se fût augmenté encore.

A l'heure dite, elle arriva. Il la fit entrer dans son cabinet.

Pendant quelques secondes, il ne put
s'empêcher d'admirer la beauté de cette
enfant énergique, si passionnément épri-
se et poursuivant, à travers tous les obstacles, la réhabilitation de l'homme
qu'elle aimait.

— Mademoiselle, fit-il, je vais vous
mettre bien à l'aise en vous apprenant
que j'ai deviné à moitié les raisons qui
vous ont rendu nécessaire un entretien
avec moi.

— Je ne crois pas que vous puissiez
connaître ces raisons, monsieur, répon-
dit-elle un peu surprise.

— Sinon toutes, du moins une partie...

— En ce cas, monsieur, car vous ne pouvez me tromper, il m'est facile de deviner d'où sont venues les confidences qui vous ont éclairé... Vous avez vu, avant de me recevoir, M. Renaud Raigice ?

— Il est vrai.

— Serai-je indiscrète si je vous demande pour quels motifs il a voulu vous voir ?

— Ne les devinez-vous pas, mademoiselle ?

— Un peu, dit-elle tristement... car elle trouvait étrange l'obstination de Renaud à vouloir empêcher toute enquête sur son passé... Ne vous aurait-il pas conseillé, prié même de ne point me recevoir ?

— Presque !

— Et vous avez refusé ?

— Oui, nettement.

— Alors, monsieur, avant même tout entretien, je puis donc compter que j'ai en vous un ami ?

— Certes.

— Je vous remercie, monsieur... il me semble que, plus que jamais, je vais avoir besoin d'amitié, si je veux réussir dans la tâche que j'ai entreprise...

— Cette tâche, je la connais... Je ne peux que l'approuver... et je trouve que Renaud Raigice est heureux et a le droit d'être fier d'avoir inspiré un pareil amour.

Elle demanda à brûle-pourpoint :

— L'en jugez-vous digne, vous, monsieur, qui depuis longtemps le connaissez ?

En toute autre occasion, et tout à l'heure encore, l'avocat eût répondu sans hésiter à cette question.

En ce moment, après les premiers grondements de la tempête qui soulevait son cœur, il se troubla.

Mais il eut honte de cette faiblesse comme d'une faute.

La jeune fille insista.

— Lorsque je saurai votre réponse, je vous dirai pourquoi je vous ai interrogé !

— Assurément, mademoiselle, Renaud est digne d'être aimé.

— Bien... Je suis donc certaine de vous surprendre beaucoup en vous disant quels sont les deux aveux que j'ai reçus de lui tout à l'heure...

— Deux aveux ?

— Oui... Tout d'abord, vous n'avez pu oublier le rôle mystérieux qu'une femme, qui voulut rester inconnue, joua dans ce procès...

« Dans votre éloquent plaidoyer, vous avez fait ressortir la lâcheté de cette femme.

— Il est vrai. Ce fut une misérable créature.

— Si misérable qu'elle fût, Renaud l'aimait.

— Peut-être... mais il la méprise maintenant et il la hait.

— Il n'y a en lui ni mépris, ni haine, et le premier des deux aveux qu'il m'a faits la concerne... Il l'aime toujours...

— C'est impossible...

— Je le crois comme vous. C'est impossible puisque c'est moi qu'il aime... Il est trop tard pour qu'il s'en défende. Mais dans quel but, dans quel intérêt, sans craindre de me faire de la peine et peut-être même de me trouver crédule, a-t-il voulu me tromper ainsi ?

— Ce n'est pas d'aujourd'hui, mademoiselle, que son attitude est étrange en toute cette affaire... Il a toujours nié autrefois que le témoin dont il attendait la venue et qui devait le sauver fût une femme...

« C'est par déductions que j'ai pu l'affirmer, à l'audience, mais je n'en avais pas la moindre preuve...

— Cette preuve, moi, je vous l'apporte...

— Ah !... mademoiselle, parlez !

En disant cela, pourquoi son cœur venait-il de se serrer ?

Pourquoi avait-il la voix rauque, comme suffoquée ?

Quel fantôme voyait-il ?

— Cette femme, je l'ai entendue...

Elle raconta ce qui s'était passé dans le pavillon, les habitudes d'enfant qu'elle y avait prises, comment sa curiosité avait été éveillée, ses terreurs, le soir du meurtre, les étranges paroles qui s'échangeaient au rez-de-chaussée du chalet rustique, pendant qu'elle écoutait, cachée dans l'escalier, et en même temps que les cris de meurtre s'élevaient du carrefour du parc...

Jodry-Thuret n'interrompit qu'une seule fois, lorsque Liliane fit allusion aux lettres que réclamait la femme...

— Ah ! dit-il, il s'agissait de lettres...

— Oui, de lettres, et de rupture...

— Et cette femme, vous ne l'avez pas vue ?

— Non... dans l'horreur de ce qui se passait, dans l'effroi de ces cris, de tout ce drame, je m'évanouis et quand je revins à moi, peu de temps après, car il me sembla que mon évanouissement avait duré peu de temps, il n'y avait plus personne dans le pavillon...

L'avocat resta morne, préoccupé, un pli au front.

Elle l'entendit qui se répétait à lui-même :

— Des lettres... une rupture... et tout près des Bois-Murés... et Raigice n'a jamais voulu m'avouer quel était le nom de cette femme...

Trop de pensées — et quelles pensées atroces ! — affluèrent, du même coup, dans ce cerveau.

Le pauvre homme appuya un instant les mains sur ses yeux et murmura, sourdement :

— Mon Dieu ! mon Dieu ! serait-ce possible ?

Elle eut peur de lui avoir causé du chagrin.

— Est-il dans ce que je vous ai dit, monsieur, quelque chose qui vous ait fait de la peine ? Et en ce cas, voulez-vous me pardonner ? Je vous en prie au nom de l'amitié que je vous ai demandée et que vous ne m'avez pas refusée...

Il reprit un peu de sang-froid.

— Ne voyez dans mon émotion rien qui puisse vous inquiéter, mademoiselle. Cette émotion vient, en effet, de ce que votre certitude, au sujet de cette femme, confirme mes prévisions d'autrefois... mes déductions étaient donc justes !

Il essaya de rester indifférent en adressant la question suivante :

— Du moins, n'avez-vous pas quelque soupçon sur elle ?

Elle secoua la tête.

— Aucun, je vous le jure... mais la lâcheté dont elle a fait preuve aurait dû attirer le ressentiment de Renaud, et il semble décidé à tout mettre en œuvre aujourd'hui pour la sauver comme il l'a sauvée autrefois...

« Ici, je me perds... je ne comprends plus... je ne vois plus autour de moi que ténèbres...

— Renaud se dit, sans doute, que le nom de cette femme importe peu, dans l'enquête que vous voulez faire... En effet, à quoi vous servirait-il de la connaître puisque ce n'est pas la révélation de ce nom qui pourrait faire revivre ce procès sur des faits nouveaux et réhabiliter Renaud par la condamnation du vrai coupable ?...

« Telle est, peut-être, l'explication du sentiment qui le fait agir...

« Mais vous m'avez dit tout à l'heure, mademoiselle, que Renaud vous avait fait deux aveux ?...

« Le premier, je le connais... Quel est l'autre ?

— Tous ses efforts ont tendu à me faire renoncer à mon projet ; j'ai juré de connaître la vérité, et Renaud s'efforce de m'en éloigner. A bout d'arguments et constatant qu'aucun n'avait prise sur moi, il a imaginé de prétendre...

« Hélas ! monsieur, j'ai peur, maintenant... et je me demande s'il ne doit pas être bien terrible, le mystère que l'on me cache, puisque, pour me le cacher, Renaud n'a pas craint...

Elle frissonnait.

Encore troublé lui-même, Jodry l'encouragea :

— Parlez, mademoiselle... Vous n'êtes plus seule, maintenant, puisque je serai avec vous...

— Renaud a imaginé de prétendre qu'il est coupable !...

— Il a osé !

— Oui.

— Et vous ne l'avez pas cru, n'est-ce pas ?

Les yeux sombres de Liliane parurent s'enflammer...

— Si je l'avais cru, c'est que cela eût été vrai...

« Et si cela avait été vrai... je n'y aurais pas survécu... je me serais tuée !

L'avocat, très ému, disait, parlant comme à lui-même :

— Oui, cette jeune fille a raison. Il se cache là un mystère redoutable. Mais lequel ?

— Maintenant, dit-elle, vous savez tout.

« Vous savez que, loin de nous servir et d'aider à nos efforts pour le réhabiliter, Renaud Raigice semble au contraire tout prêt à nous créer des obstacles.

— Il est vrai.

— Devinez-vous pourquoi ?

— Non... pas encore... je m'y perds.

— Vous n'êtes pas découragé ?

— Certes non.

— Et vous m'aiderez quand même ?

— Ah ! de tous mes conseils et de tout mon pouvoir... Seulement, j'ai peur, mademoiselle, que vous ne vous abusiez sur ce que je peux faire... Je vais me heurter, ainsi que vous, à toutes les difficul-

tés qu'il plaira à Renaud de semer sur notre chemin... Ensuite...

Il s'arrêta. Il réfléchissait. Il paraissait indécis.

— Dites-moi votre pensée tout entière, monsieur.

— Ensuite, je ne vois pas, ainsi que je vous le faisais pressentir tout à l'heure, je ne vois pas vers quel dénouement, vers quel but pratique tendent vos efforts et les miens, et quelle sanction nous pourrons trouver...

— Une sanction, monsieur ? Mais l'honneur de Renaud n'est-il pas en jeu ?

Jodry secoua la tête.

— Par le fait, non, mademoiselle. Rappelez-vous ce qui s'est passé, je vous prie.

« Le tribunal ne pouvait rien faire de plus, pour l'honneur de Renaud, que ce qui a été fait, puisqu'il l'a acquitté...

— Dans des conditions, avec des restrictions telles... que...

— Oui, oui, je l'admets. Il n'en est pas moins vrai qu'il a été, de ce chef, reconnu innocent... La justice a donc dit ce qu'elle devait dire et je ne vois aucun moyen pour Renaud de faire recommencer ce procès...

— Si le nom de cette femme, auprès de laquelle il a passé la nuit du meurtre, si ce nom était connu ?...

— A quoi cela servirait-il ?

— A faire éclater l'innocence de Renaud...

— Inutile, puisque cette innocence a été publiquement reconnue. Jamais un nouveau procès ne pourra se greffer sur ce fait que le témoin mystérieux si longtemps attendu par Renaud a été découvert...

— Que pouvons-nous faire, dès lors ?

— Oh ! tout à la fois peu et beaucoup de choses... Voyez-vous, mon enfant, nous sommes avec Renaud dans une situation fâcheuse... Je n'hésite pas à croire, aujourd'hui, si nous pouvons af-

En quittant Jodry-Thuret, Liliane lui promit de revenir souvent.

Henriette était très émue en dépit de son indifférence apparente.

Malgré les supplications d'Henriette, Galmuche demeurait inflexible.

Jodry-Thuret brusqua les choses, car il avait honte de cette comédie.

Film Pathé. Production Ermolieff.

Un jour, il entra comme un voleur dans la chambre de sa femme.

Henriette se rapprocha et, retenant sa respiration, elle écouta.

firmer son innocence entière, que mieux eût valu pour lui qu'il fût condamné autrefois.

Elle fit un instinctif mouvement de révolte.

— Je m'explique... Supposez que Renaud soit sous les verrous, au bagne, ou seulement en fuite, et que tout à coup nous ayons de son innocence une preuve si flagrante que nous n'hésitions plus à le réhabiliter ?... En ce cas, que ferions-nous ? Nous demanderions simplement la revision de son procès en nous basant sur un fait nouveau, et il est hors de doute que nous obtiendrions cette revision.

M⁰ Jodry-Thuret ouvrit un code et le feuilleta.

— Tenez, mademoiselle, les articles de la loi sont précis sur le sujet qui nous préoccupe :

« Article 443. — La revision pourra « être demandée en matière criminelle « ou correctionnelle, quelle que soit la « juridiction qui ait statué ou la peine « qui ait été prononcée :

« Lorsqu'un des témoins entendus « aura été, antérieurement à la condam- « nation, poursuivi et condamné pour « faux témoignage contre l'accusé ou le « prévenu...

« Lorsque, après une condamnation, « un fait viendra à se produire ou à se « révéler ou lorsque des pièces incon- « nues lors des débats seront représen- « tées de nature à établir l'innocence « du condamné... »

« Et pour ce qui concerne ce dernier paragraphe de l'article :

« Le droit de demander la revision ap- « partiendra, dans le quatrième cas, au « ministre de la Justice seul, qui sta- « tuera après avoir pris l'avis d'une « commission composée des directeurs

« de son ministère et de trois magistrats « de la Cour de cassation annuellement « désignés par elle et pris en dehors de « la chambre criminelle... »

« Supposons toujours Renaud sous le coup d'une condamnation qui le dés- honore, lui, innocent... Et supposons aussi que nous connaissions tout à coup le nom de la femme dont la déposition aurait pu le sauver autrefois et pourrait le sauver encore... Dès lors, rien de plus facile... pour nous... d'obtenir gain de cause...

« Mais la situation ne se présente pas aussi claire et aussi facile... La dé- position de ce témoin n'apportera pas un élément de plus à l'acquittement dont Renaud a bénéficié... Donc, la recherche de ce témoin est inutile... Ce n'est pas ainsi qu'on peut revenir sur la chose ju- gée et nous ne pouvons demander rien de plus qu'un acquittement.

— Que faire, dès lors ?

— Ah ! si l'on connaissait le meur- trier de Villedieu ! Si nous avions seule- ment des présomptions ! C'est vers ce but que devrait se porter votre enquête, mademoiselle. Car supposez, cette fois, que nous arrivions à trouver les preuves de cette culpabilité, le procès redevient possible... le vrai coupable passe en cour d'assises, et sa condamnation est la réhabilitation éclatante de Renaud...

— Oui, oui, je le comprends... tel doit être mon but... Mais pourquoi semble-t-il redouter que je réussisse ? Ce coupable, lui, Renaud, le connaît donc, pour trem- bler si fort que je le connaisse à mon tour ?

« A ce point qu'il n'hésite pas à s'accuser lui-même, pour dérouter mes soupçons ?...

— Je l'avoue, mademoiselle, ici je ne comprends plus... Mais ne perdez pas courage, et toutes les fois que vous aurez besoin de moi, vous me trouverez prêt à vous venir en aide...

L'avocat semblait fatigué et fiévreux. Parfois, il portait les mains à son front et les y appuyait longuement.

Il avait l'air de souffrir, comme si une douleur brutale s'était abattue sur lui, le saisissant à l'improviste.

Elle s'en aperçut. Elle se leva, le remercia.

— Je reviendrai vous voir, dit-elle, souvent, puisque vous le voulez bien.

— J'en serai très heureux, mon enfant...

Elle partit, songeant à tout ce qu'il venait de lui dire, aux obstacles qu'il lui signalait et auxquels elle ne s'attendait pas.

Mais, avec un caractère de cette énergie, les difficultés ne faisaient que surexciter son désir de savoir. Et elle rentra chez elle en murmurant cette phrase qui avait l'air d'être devenue le mot d'ordre de toute sa vie :

— Je veux la vérité !... Et je l'apprendrai coûte que coûte...

II

LA QUESTION D'ARGENT

Mᵉ Jodry-Thuret était resté seul.

Et il repassait en son esprit tout ce qu'il venait d'entendre.

Les vagues soupçons prenaient corps.

Tout à l'heure, il s'en défendait encore. Maintenant, il ne s'en défendait plus. Il les examinait, au fur et à mesure qu'ils surgissaient dans la fièvre de son cerveau. Il les provoquait même, mais, torturé, il fut longtemps, dans cette terrible tempête, à reprendre un peu de sang-froid.

Il s'astreignit à repasser, un à un, tous les faits dont il se souvenait, depuis le jour où Renaud l'avait prié de prendre sa défense.

Et ces faits, pour la plupart, s'éclai-

raient d'une lumière nouvelle, depuis l'entretien qu'il venait d'avoir avec Liliane.

Il murmura :

— Voyons, du calme... Examinons tout !...

« Ce serait si terrible, si tout cela était vrai... Hélas !

Et les yeux fermés, les mains jointes, paraissant dormir, il rêva.

Il rêva :

1° Jadis, l'opiniâtre silence de Renaud, pendant l'enquête, lui avait paru étrange. On se confie à son avocat comme on se confie à un prêtre, sous la foi du secret le plus inviolable, et Renaud, malgré toutes les sollicitations dont il avait été l'objet de la part de Jodry-Thuret, n'avait rien livré de son cœur.

Pourquoi ?

L'avocat se l'était demandé alors bien des fois, non sans surprise, mais aucun soupçon n'avait pu naître en ce temps-là dans son esprit.

Maintenant ce soupçon était venu et des choses insignifiantes prenaient corps, acquéraient soudain une importance redoutable.

2° C'est ainsi qu'il se rappelait une démarche singulière qu'Henriette — qui n'était encore que sa fiancée à cette époque — avait faite auprès de lui, quelque temps avant la comparution de Renaud en cour d'assises.

Tout d'abord, elle avait paru surprise et peinée en apprenant que son fiancé avait accepté de défendre Renaud avec toute l'autorité de son éloquence et l'influence qui s'attachait à son talent comme à son nom. Difficilement, il lui avait fait entendre raison. Enfin, elle avait fini par dire :

— Oui, vous avez bien fait...

Mais soudain elle lui avait adressé une prière...

Elle avait dit : « N'oubliez pas que Renaud Raigice m'a aimée et m'aime peut-être encore... Lui apprendre notre mariage prochain ne serait-ce pas, dans son malheur, le rendre plus malheureux encore ? Voudrait-il encore de vous pour son défenseur, vous en qui il verrait son rival ?... Aurait-il en vous la même confiance ?... Et puisque nul autre mieux que vous ne peut être certain de l'arracher au bagne, ne serait-ce pas sa perte, s'il vous obligeait à abandonner sa défense ? »

Il s'était incliné devant cette prière. Ce qui n'était peut-être qu'une ruse perfide pour mieux le tromper, lui, et pour empêcher une révélation de Renaud, faite sous le coup d'un brusque ressentiment, il l'avait pris, pauvre amoureux aveuglé par sa passion, pour l'idée pitoyable qui ne pouvait naître que dans un cœur de femme.

Et ce fut ainsi que pendant la cour d'assises seulement Renaud apprit cet amour et ce projet de mariage.

Et Jodry-Thuret se rappelait encore la terrible émotion de l'accusé, en écoutant cette révélation à laquelle il s'attendait si peu...

Révélation due au hasard et non à Jodry-Thuret, due à l'intervention d'un juré qui demanda tout à coup :

« Le défenseur ne va-t-il pas se trouver
« gêné et dans une situation délicate en
« essayant de sauver d'une condamna-
« tion un homme accusé d'avoir assas-
« siné Villedieu, alors que le défenseur
« est sur le point d'épouser la fille de la
« victime ? »

Renaud s'était brusquement dressé à son banc et avait regardé un moment Me Jodry-Thuret avec des yeux de fou, et sans proférer une parole. Puis, il était retombé à son banc et avait gardé son visage caché dans ses mains jusqu'à la fin des débats.

Ces yeux, ces yeux éperdus de surprise, Jodry les revoyait à présent et il en frissonnait parce qu'il croyait com-

prendre ce que leur regard contenait de reproche, de désespoir et d'horreur...

3° Maintenant, il pensait à ce que Liliane lui avait raconté tout à l'heure... Et il trouvait dans ce récit une liaison effrayante entre ses observations d'autrefois et ce que la jeune fille avait surpris au pavillon des Bois-Murés, dans la nuit du meurtre.

Etait-ce donc Henriette, qui, en cette tragique soirée, s'était trouvée là, avec Renaud Raigice ?...

Un flot de sang lui monta au cerveau à cette pensée.

Il dit, les mains étreignant son front qui brûlait :

— Non, non, mon Dieu, faites que ce ne soit pas !

Puis, reprenant son sang-froid, il continua de rêver.

Liliane avait entendu une voix d'homme, une voix de femme... Il s'agissait d'une rupture... La femme réclamait des lettres et l'homme les apportait. Or, à cette époque, en cette fin du mois d'août, le mariage de Jodry-Thuret avec Henriette était décidé déjà... Et Henriette — si c'était elle ! — Henriette, prudente et voulant ménager l'avenir, n'y rien sacrifier au passé, Henriette, si elle avait été la maîtresse de Renaud Raigice, essayait d'effacer jusqu'au souvenir même de cette liaison coupable...

Si c'était elle ! ! !

Car, malgré tout, le pauvre homme essayait de douter encore !

4° Mais ce ne pouvait être qu'Henriette...

Si ce n'avait été pour la revoir, pourquoi Renaud, qui l'aimait, fût-il revenu mystérieusement, la nuit, dans le parc des Bois-Murés ? Car l'enquête avait prouvé que Renaud se trouvait aux Bois-Murés en cette nuit et, du reste, il ne l'avait pas nié... Pour venir à ce rendez-vous, il avait rompu ses arrêts à la chambre, lui l'officier jusque-là si discipliné...

Et quelle autre femme qu'Henriette fût-il venu chercher là ?...

Et puisqu'il accourait ainsi à ces rendez-vous — car on l'y avait vu à plusieurs reprises — c'est donc qu'il y était encouragé ?

Et ces rendez-vous nocturnes n'indiquaient-ils pas que ces relations entre le jeune homme et la jeune fille étaient coupables ?

Oui, en l'esprit de l'avocat, lentement se précisait l'épouvantable vérité :

Henriette avait été la maîtresse de Renaud Raigice.

Car, si Renaud avait eu une autre maîtresse, comment et pourquoi eût-il donné ses rendez-vous dans ce pavillon, au milieu de ce parc clos de murs, de même que celui de Primerose, de tous les côtés ?

Et, en détresse, aux prises avec une angoisse affreuse, il continuait de rêver.

5° Le soir de ce meurtre, Me Jodry-Thuret assistait, au château de Primerose, à la fête donnée par Gervoise.

Il savait que Villedieu, sa femme et sa fille y avaient été invités.

Et il comptait, dans son amour, y rencontrer Henriette.

Or, à son grand désappointement, Henriette n'était pas venue. Elle avait, il le sut plus tard, prétexté une de ces vagues indispositions subites, si souvent invoquées et qui ne trompent personne.

Là encore, n'était-ce pas une preuve de la culpabilité qu'il cherchait ? Cette absence n'était-elle pas bien faite pour donner du corps à ses soupçons, en confirmant ce qu'il savait déjà ?

6° Et Henriette avait aimé Renaud, puisque, quelques mois auparavant, elle avait accepté l'idée de ce mariage — Jodry le savait par Renaud lui-même qui n'avait pas à le lui cacher. Le refus ne venait point d'Henriette, mais de Villedieu...

Et c'était ce refus qui avait servi de base à l'enquête, puisque la justice, en quête de preuves morales, avait essayé d'établir que le meurtre avait pour motif le désappointement causé à Renaud par ce refus.

7° De tout cela, de ces rêveries, de ces souvenirs, de ces relations, une conclusion s'imposait à l'esprit de Jodry-Thuret.

Henriette, seule, pouvait être la femme mystérieuse dont Renaud avait attendu vainement l'intervention pendant l'enquête et jusqu'au courant des débats.

Henriette était la femme qui se trouvait avec Renaud dans le pavillon des Bois-Murés.

Et alors, à ce moment, un éclair de la vérité passa devant les yeux terrifiés de M. Jodry-Thuret...

Henriette était à ce rendez-vous d'amour, pendant qu'auprès d'elle, à la même heure, on assassinait son père !

Et peut-être que les cris de son père étaient arrivés jusqu'à elle !

Le malheureux se sentait devenir fou ! Il aurait voulu s'arrêter de penser.

Cette catastrophe, éclatant dans sa vie, le foudroyait.

Et il se répétait machinalement :

— Est-ce vrai ? Est-ce possible ?... N'arrive-t-il pas souvent que le hasard s'amuse à réunir des indices, même des semblants de preuves, en rapprochant des paroles, des actes, des rencontres, qui ne concordent point ? Ne suis-je pas le jouet d'une sorte d'hallucination ?... Est-ce que les idées fixes ne produisent point, parfois, des désordres d'esprit ?

Année par année, mois par mois — jour par jour, s'il avait pu — il se mit à repasser l'existence de sa femme, depuis leur mariage...

Elle ne lui avait jamais donné prise au moindre soupçon...

Belle et séduisante, elle n'avait pu, certes, passer inaperçue, et elle avait dû, autour d'elle, éveiller bien des passions !

Ou bien, elle ne les avait pas comprises ; ou bien, elle y était restée indifférente...

Voilà ce qu'il avait cru !...

Mais n'avait-il pas été aveugle et sourd ?

N'était-il pas, depuis longtemps, la risée du monde ? Comédienne admirable, si elle l'avait trompé avant le mariage, n'avait-elle pas pu le tromper après ?

Et d'où lui fussent venus des soupçons ?

Une chose, pourtant, oui, une seule, lui avait paru incompréhensible, inexplicable, et cela depuis des années — depuis le lendemain même de son mariage.

Riche, il avait établi largement le budget d'Henriette.

Mais Henriette, bien vite, s'était trouvée trop à l'étroit dans ce budget.

Il l'avait augmenté.

Cela n'avait pas suffi encore.

Docile, amoureux, ne cherchant qu'à plaire, il avait accueilli toutes les demandes.

Cependant, les besoins d'argent lui paraissaient étranges.

Car ce n'était ni des parures, ni des bijoux, qu'elle sollicitait.

Sous des prétextes différents, parfois futiles, et souvent même sans prétextes, elle demandait de l'argent. Or, toutes les notes étaient, en dehors de ces besoins singuliers, payées par Jodry-Thuret...

Toutes, sans exception !

Notes de modistes, notes de couturières, de bijoutiers, de marchands d'objets d'art, etc., etc., sans que jamais il eût élevé la moindre protestation.

A quoi donc servait cet argent ?

Oui... A quoi ?

Il avait eu, plusieurs fois, envie de le lui demander.

Il avait hésité, rougissant d'une pareille question.

N'était-il pas très riche et ne pouvait-elle pas dépenser sans compter ?

La seule fois où, prenant son courage à deux mains, il avait osé dire :

— Ce sont des sommes importantes... A quoi peuvent-elles passer ?

Il avait accompagné cela d'un sourire timide, implorant son pardon, en même temps qu'il faisait preuve de cette curiosité.

Elle s'était contentée de lui répondre, gracieuse et séduisante :

— Vous avez pensé à mes toilettes, à mes bijoux, à mes fantaisies les plus ruineuses... Il est cependant quelque chose que vous avez oublié, mon ami...

— Et quoi donc ?

— Mon budget de charité !

— C'est vrai...

Il allait peut-être ajouter quelques nouvelles réflexions, mais elle s'était mise sur les genoux de son mari. Elle lui avait entouré le cou avec ses beaux bras.

Elle lui avait fermé les lèvres avec un baiser.

Et le vieillard, amoureux toujours, passionné comme aux premiers temps, s'était trouvé sans défense contre de pareilles attaques.

Une vie de véritables tortures commença pour lui. Il descendit à des manœuvres qui le firent rougir. Il guetta les sorties d'Henriette et la suivit. Sa jalousie lui criait qu'il y avait un mystère dans l'existence de sa femme et il voulait le découvrir. Toutes les fois qu'elle désirait sortir, il s'enquérait des visites, des promenades ou des courses qu'elle projetait. Il l'avait laissée jusqu'alors très libre, ayant en elle la plus entière confiance. Maintenant, il doutait de tout ce qu'elle lui racontait. Dans les premiers temps, inhabile à une pareille et aussi honteuse surveillance, il prit sur lui de s'en aller, soit le jour même, soit le lendemain, sous des prétextes sans cesse inventés, contrôler les visites qu'Henriette avait prétendu faire. Il calculait le temps qu'elle y mettait, ajoutait bout à bout les minutes des unes avec les minutes des autres, et un rayon de joie passait dans ses yeux quand il pouvait se dire :

— Hier, elle ne m'a pas menti...

Mais elle ne faisait pas seulement des visites, en tous les après-midi où, depuis le déjeuner jusqu'au dîner, elle restait hors de chez elle.

Ce contrôle auquel il se condamnait devenait impossible lorsque la jeune femme passait son temps dans les magasins, chez la couturière, chez la modiste.

Là, descendant à un rôle de basse police, il la suivait, restait des heures à guetter sa sortie, après qu'il l'avait vue entrer.

Passe encore chez la couturière et chez la modiste.

Mais les grands magasins !... Il la perdait vite au milieu de la cohue, et lorsqu'elle allait à pied, elle sortait tantôt par une porte et tantôt par une autre, sans qu'il pût se rendre compte du temps qu'elle y avait passé. Il ne le savait que lorsque, par le mauvais temps, elle faisait atteler ; alors, caché dans la foule, ou dans un café, ou derrière un pilier, ou dans un fiacre dont il baissait les stores, il attendait.

Il ne découvrit aucune intrigue.

Hélas ! mordu par la jalousie, il ne retrouvait pas sa tranquillité.

Quelques jours après l'entretien qu'il avait eu avec Liliane, un soir, sa femme lui parut, pendant le dîner, préoccupée et triste.

Tout de suite, il eut un serrement de cœur et pensa :

— Elle va encore me demander de l'argent !...

Car il se souvenait bien. C'est ainsi qu'elle procédait d'habitude. Elle ne variait pas beaucoup ses procédés. Lui, la voyant triste, s'informait avec tendresse. Alors, après s'être fait prier, elle avouait, elle adressait sa demande, timi-

dement, en s'excusant, et il s'exécutait toujours. Et tout le reste de la journée, elle se montrait d'une gaieté inaccoutumée.

Elle redoublait de tendresse envers le vieillard, comme si, en vérité, l'argent qu'il donnait la tirait d'un danger, comme s'il comblait le plus cher de ses vœux.

Ce soir-là Jodry-Thuret la laissa soupirer et être triste à son aise. Il fit semblant de ne rien voir.

Il voulait l'obliger à se démasquer.

Et comme il la devinait, maintenant, cette comédie !...

Comment avait-il pu s'y laisser prendre, si souvent, depuis si longtemps ?

Toutefois, pour si fréquentes qu'elles fussent, ces demandes d'argent n'avaient jamais atteint un chiffre exorbitant.

Pendant les premiers temps qui suivirent son mariage, elle avait prié son mari de lui donner ainsi, en dehors de son budget — lequel pouvait suffire à la coquetterie de la femme la plus élégante — tantôt cinq mille francs, tantôt deux mille, souvent mille francs, une fois dix mille, une autre fois — et il n'y avait pas très longtemps de cela — vingt mille francs.

Ce fut au sujet de cette dernière somme — qui le prenait au dépourvu — qu'il fit quelques remontrances et qu'elle prétendit affecter tous ces cadeaux supplémentaires à un mystérieux budget de charité.

Lorsque, après bien des soupirs et des larmes essuyées à la dérobée, elle vit que son mari ne paraissait, pour la première fois, vouloir prêter aucune attention à ce manège, elle dit, très bas :

— Mon ami ?

Il faisait semblant de lire son journal : il était rentré dans son cabinet, où elle l'avait suivi. Ce qu'il lisait, les nouvelles du soir sur les débats de la Chambre, ne l'intéressait guère, mais cela lui offrait, du moins, une contenance. Son journal terminé il feuilletait quelques dossiers, parmi ses affaires, qu'il négligeait bien, le pauvre homme, depuis longtemps.

Il n'eut pas l'air d'entendre et continua sa lecture.

Elle répéta, un peu plus haut, en se rapprochant :

— Mon ami, vous ne m'écoutez pas ?

Cette fois, il releva la tête, la regarda.

— Vous me parliez, ma chère Henriette ?... dit-il, comme étonné.

— Oui...

— Je vous demande pardon... J'étais absorbé... Que me disiez-vous ?

— Je voulais vous dire... je voulais vous prier...

Elle hésitait. On eût cru qu'elle avait la peur instinctive de quelque danger.

Il attendit qu'elle s'expliquât, ne voulant point l'encourager.

Elle se résigna, mais elle était très émue, en dépit de son indifférence apparente, car, pour la première fois, elle trouvait une résistance chez son mari.

— Mon ami, dit-elle, je crois vous avoir surpris et je crains de vous avoir gêné, plusieurs fois, par certaines demandes... d'argent...

— Voilà, nous y sommes ! pensa Jodry-Thuret.

— Je tiens à vous remercier, une fois de plus, de la généreuse bonté avec laquelle vous avez accueilli mes prières... et je ne vous remercie pas seulement en mon nom personnel, mais au nom de mes pauvres... auxquels est allé cet argent qui venait de vous...

Il ne sourcilla pas. Il attendait la fin. Et, du reste, il la prévoyait.

— J'ai une nouvelle prière à vous adresser... la dernière... oui, je vous le jure... C'est la dernière fois que j'ai recours à votre générosité...

Jodry-Thuret eut envie de répondre tout de suite, et avant même que sa femme eût formulé un chiffre :

— Non. Inutile... Je refuse...

Une curiosité étrange le retint.

Toutes les sommes demandées par Henriette avaient été sans cesse en augmentant. La dernière était de vingt mille francs.

A combien s'élèverait celle d'aujourd'hui ?

— De quoi s'agit-il ?

Elle réprima un léger tremblement. Mais l'avocat s'en aperçut quand même.

— Je voudrais, dit-elle, avoir à ma disposition cinquante mille francs... dont le revenu me servirait, selon que je l'entendrais, pour des œuvres de bienfaisance... Ainsi, mon ami, je ne vous ennuierais plus, désormais.

Il avait fait un haut-le-corps.

— Cinquante mille francs ! murmurat-il.

Il ne croyait pas aux mensonges d'Henriette. Il n'ajoutait aucune foi aux histoires de charité auxquelles la jeune femme faisait allusion.

Dès lors, quel mystère cachait-elle ?

Quelle passion ? Quel vice ? Quel honteux esclavage, peut-être ?

Froidement, il questionna :

— A quoi, à qui destinez-vous pareille somme ?

— Je vous l'ai dit. Le revenu en serait affecté aux pauvres.

— Je vous ai donné, tous les ans, pour vos charités, beaucoup plus qu'un pareil revenu, il me semble...

Elle s'était approchée de lui, frôlait des mains son cou. Il avait tout près la ligne harmonieuse de ce joli corps dont il faisait mieux que deviner, dont il voyait la grâce exquise dans les plis souples d'un peignoir : car, après le dîner, pour l'intimité de cette soirée, elle s'était dévêtue.

Elle voulait employer ses déductions ordinaires.

Mais ce qu'elle ne savait pas, c'est qu'elle allait se heurter à la glace de ce cœur. Tant que la certitude qu'il se trompait n'aurait pas remplacé, en lui, les soupçons d'infamie dont il souffrait, la beauté d'Henriette serait impuissante.

Hier encore, il n'eût point résisté.

Mais ce soir-là, il la regarda d'un œil froid et mécontent.

— Je trouve votre demande exorbi-tante...

— Mon ami !

— Exorbitante, et, je le répète, sans but bien défini...

— Si vous saviez, mon ami, combien il se fonde d'œuvres charitables, pour les enfants abandonnés, pour les tuber-culeux, pour les jeunes filles, pour les filles-mères, et quelles sommes énormes il nous faudrait pour réussir à faire un peu de bien...

— Indiquez-moi le bien que vous vou-lez faire et je m'en occuperai moi-même.

— Vos journées n'y suffiront pas, mon ami. Puis pourquoi me retirer la joie de ma vie ? douteriez-vous de moi ?

— Non, je suis heureux de vous voir si bienfaisante...

— Dès lors, mon ami...

— Dès lors, Henriette, je ne retire rien de ce que je vous ai dit...

— Vous me refusez ?...

— Energiquement...

Il avait terminé la lecture de son jour-nal.

Il le jeta au panier.

Après quoi, ouvrant un dossier qui se trouvait au milieu d'une pile d'autres sur un coin de son bureau, il parut s'ab-sorber dans l'étude des pièces.

Henriette, pâle, inquiète, restait dé-contenancée.

Elle murmura :

— Il me faut cette somme, pourtant... à tout prix, il me la faut...

Longtemps elle fut ainsi, debout, der-rière son mari. Il l'avait si bien oubliée qu'il sursauta tout à coup lorsqu'il en-tendit qu'elle pleurait. Il dit, avec une ironie qui la cingla d'un coup de fouet :

— Vous avez pour vos pauvres un in-térêt si grand que mon refus de leur ve-nir en aide vous fait sangloter, Hen-riette ?

Il reprit son travail, sans plus s'in-quiéter d'elle, et elle sortit, doucement.

Il s'étonna lui-même de l'énergie qu'il avait montrée. Il s'attendait, pour les jours suivants, qu'elle ferait des allu-sions à ce refus. Il se trompait. Elle ne se hasarda plus à aucune tentative. Elle fut triste, seulement, comme il conve-nait. Et bientôt même, il n'y parut plus rien.

Et Jodry-Thuret se demandait, non sans angoisse :

— Elle avait besoin de cinquante mille francs... pourquoi ? Et puisqu'elle sem-ble tranquille, sans inquiétude, il faut qu'elle les ait trouvés ? Chez qui ?

Après l'avoir surveillée lui-même, il fit un pas de plus et descendit plus bas en-core.

Il la fit surveiller par une agence in-terlope.

Et il attendait le premier rapport, avec anxiété.

Il ne se fit pas attendre. Ce rapport, sans lui apporter de lumière complète sur les besoins d'argent d'Henriette, con-firmait quand même ses soupçons sur le mystère de sa vie.

Premier rapport.

« Hier, 10 du courant, l'agent Martin
« a été chargé de suivre Madame... Dès
« huit heures du matin, il était à son
« poste, boulevard Haussmann, et il at-
« tendait toute la matinée... Il mangea
« un morceau, sans quitter sa surveil-
« lance, et à deux heures cinq il vit des-
« cendre la dame en question, que son
« coupé attendait ; elle y monta et
« donna l'adresse des magasins du Lou-
« vre ; l'agent Martin, à tout hasard, et
« conformément à nos habitudes de pru-
« dence, s'était précautionné d'un fiacre,
« dans lequel il sauta aussitôt, et il put
« suivre ainsi le coupé qui s'arrêta de-
« vant une des portes du magasin, si-

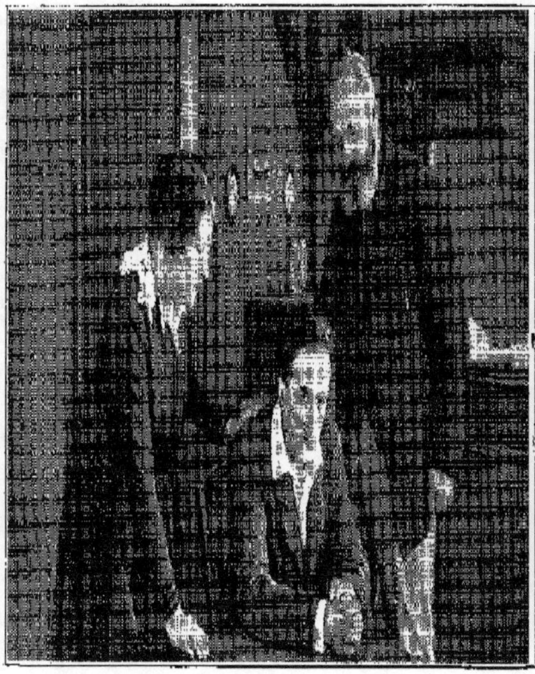

Comme ils la comprenaient, les deux pauvres vieux, la tristesse de leurs fils !

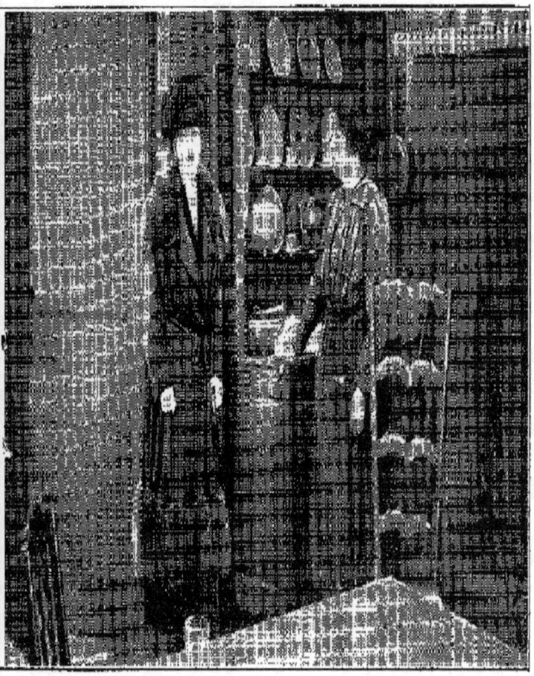

En la visiteuse qui lui arrivait, Mme Raigice reconnut la mère de Liliane.

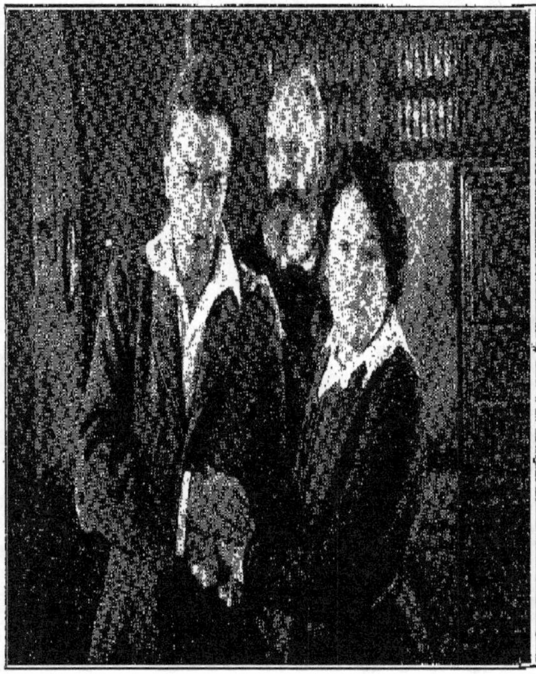

— Mère, je vous en supplie, implora Renaud en soupirant, ne parlons plus d'elle...

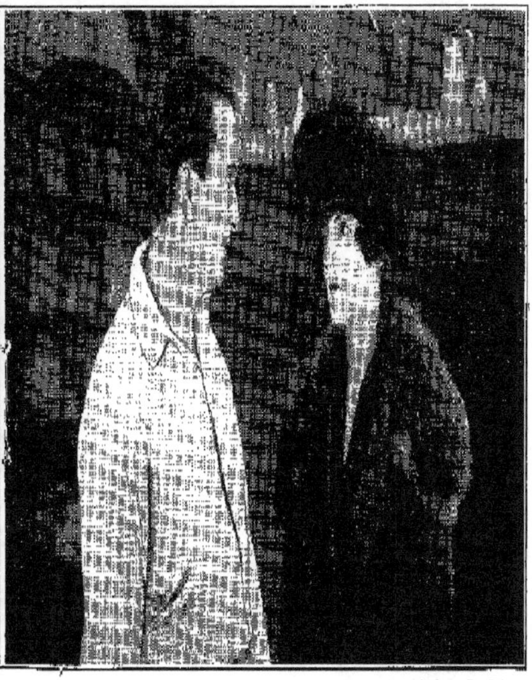

Film Pathé, Production Ermolieff.

Le cœur gonflé, Jacqueline murmura faiblement : — Je vous ai donc convaincu ?

« tuée sur la place du Palais-Royal. La
« dame en question donna l'ordre à son
« cocher d'aller l'attendre rue de Rivoli.
« L'agent Martin donna à voix basse le
« même ordre au cocher du fiacre et
« s'engagea dans le magasin à la suite
« de la dame... au lieu de guetter sa sor-
« tie dans la rue... En quoi il fut bien
« inspiré, car la dame ne fit que traver-
« ser le magasin sans rien acheter et elle
« sortit deux minutes après par la rue
« Saint-Honoré où elle arrêta le premier
« fiacre qui passait... Par malheur,
« l'agent, dans un encombrement, ne put
« arriver assez tôt pour entendre l'adres-
« se qui fut donnée et resta quelques se-
« condes sans trouver une voiture. Le
« coup était manqué. Martin téléphona
« aussitôt à l'agence en priant de lui en-
« voyer deux camarades. Ceux-ci accou-
« rurent. Il leur remit des photographies
« de la dame, avec la description de sa
« toilette, et les plaça l'un rue Saint-Ho-
« noré, l'autre rue du Louvre. Martin
« alla se poster place du Palais-Royal.
« La dame resta une heure absente. Elle
« reparut en fiacre, descendit place du
« Palais-Royal, paya la voiture, entra
« de nouveau dans les magasins, sans se
« douter que notre agent lui emboîtait
« le pas, et rue de Rivoli, sans s'être ar-
« rêtée devant aucun rayon, elle alla re-
« trouver son coupé. Elle rentra boule-
« vard Haussmann et ne sortit plus. »

— Pourquoi se cache-t-elle ? Où est-
elle allée, en quittant le Louvre ?

Et tout de suite l'atroce pensée :

— Elle a un amant !...

Le remords s'effaça en lui, de mettre
des étrangers dans la confidence de ses
angoisses intimes, et il attendit le second
rapport de l'agence.

Il lui parvint le surlendemain. Il était
concis.

Deuxième rapport.

« Le 12 du courant, même sortie, à la
« même heure. Même stratagème du ma-
« gasin pour dépister ceux qui pour-
« raient la suivre. La dame en question
« est allée passer une heure rue Servan-
« doni, 37, derrière l'église Saint-Sulpice,
« chez un sieur Galmuche, sorte de ban-
« quier véreux et d'agent d'affaires très
« connu comme usurier. Le concierge,
« interrogé, nous a dit que la dame ve-
« nait chez Galmuche depuis près d'un
« an... L'agence a les moyens de savoir
« quelle est la nature de ces relations
« avec le banquier... Doit-on continuer
« la surveillance ? »

Au bas d'une carte, Jodry-Thuret répondit :

— Oui, continuez... Je veux la vérité.

Et de nouveau, fiévreusement, il pa-
tienta.

Le troisième rapport se fit attendre. Il
écrivit. L'agence envoya chez lui un re-
présentant qui lui expliqua :

— Nous avons chez Galmuche un employé qui est à nos gages pour des affaires occasionnelles... Il faut lui laisser le
temps d'agir...

Cinq jours s'écoulèrent. Il savait que
la surveillance ne se ralentissait pas.

Le sixième jour, il reçut une lettre re-
commandée assez volumineuse.

Il décacheta, la main tremblante, car
il avait reconnu l'écriture de l'agence.

Il comprit que, cette fois, il allait être
renseigné et il lut.

Troisième rapport.

« Hier, comme d'habitude, en passant
« par le Louvre, la dame en question est
« allée jusqu'au 37 de la rue Servandoni.
« L'employé à nos gages a pu, s'y étant
« préparé de longue date, surprendre et
« sténographier, sans que Galmuche et
« la dame s'en doutassent, la scène sui-
« vante, où nous n'avons rien changé ;
« nous avons laissé, en outre, la forme
« dialoguée sous laquelle le rapport se-
« cret nous est parvenu.

« La dame en question entra en trem-
« blant, très émue, et le banquier Gal-

« muche ne lui offrit même pas de s'as-
« seoir.

« La conversation s'engagea tout de
« suite, brutale et outrageante.

GALMUCHE. — Ah ! vous voilà enfin,
vous... je perdais patience... Je suppose
que, cette fois, vous m'apportez bien les
cinquante mille francs que vous me devez ?...

LA DAME. — Monsieur Galmuche, je
vous supplie de m'écouter...

GALMUCHE. — Avez-vous pu vous pro-
curer, oui ou non, ces cinquante mille
francs ? C'est tout ce que je vous demande et c'est tout ce que je veux savoir... Répondez...

LA DAME. — Je ne les ai pas...

GALMUCHE. — Ah ! vous ne les avez
pas ! Eh bien, moi, je ne veux pas attendre davantage, entendez-vous ? Voilà
trop longtemps que cela dure... Je vous
ai prévenue... je vous ai menacée... Je ne
vous préviendrai et ne vous menacerai
plus. Je ne vous connais pas, moi, et je
ne suis pas votre ami, ni votre amant,
hein ? J'ai fait avec vous une affaire. Il
y a un an, vous êtes venue me trouver et
vous m'avez dit : « Il me faut quarante
mille francs... Les demander, d'un seul
coup, à mon mari, serait éveiller des
soupçons, aller au-devant d'un refus...
Je les obtiendrai par morceaux et je
vous les rembourserai... Prêtez-les-
moi... » Je pris des renseignements... l'affaire me sembla sûre... je prêtai les quarante mille en vous faisant signer un reçu de cinquante... Avec le reçu, je vous
tenais... Avec la peur du scandale, je serais toujours remboursé, par vous ou
par votre mari... Et j'ai même poussé la
délicatesse jusqu'à ne point vous demander à quelles gentilles petites choses vous
les destiniez, ces quarante billets de mille
francs... Et aujourd'hui, j'en suis bien
récompensé, merci... Mais je vous l'ai
dit, et je veux bien vous le répéter... Vous
n'avez pas la somme ?

LA DAME, *pleurant.* — Hélas !

GALMUCHE. — Demain, Jodry-Thuret
connaîtra le pot aux roses...

LA DAME, *sanglotant.* — Mon Dieu !
Mon Dieu ! que faire ?... Monsieur Galmuche, ayez un peu de pitié... C'est une
situation terrible... mais j'en sortirai, je
vous le jure... Il me semble que mon
mari se défie de moi, depuis quelque
temps... qu'il a de vagues soupçons... il
faut laisser à ses soupçons le temps de
s'évanouir et il redeviendra pour moi ce
qu'il a toujours été... généreux et bon...

GALMUCHE. — Vous ne me ferez jamais
croire qu'une femme dans votre situation de fortune ne puisse pas rembour-
ser cinquante mille francs à un pauvre
homme comme moi... Vendez vos bijoux...

LA DAME. — Il s'en apercevrait bientôt
et comment expliquer ?...

GALMUCHE. — Ça vous regarde. Moi, je
veux mon argent... Empruntez... Que
diable !... Vous avez des relations... Moi,
à votre place, et jolie comme vous l'êtes,
je trouverais tout ce que je voudrais...

LA DAME. — Monsieur !

GALMUCHE. — Eh ! ne faites pas la
prude, allez... Vous ne valez pas mieux
que beaucoup d'autres. Et, pour vous
être adressée au père Galmuche, il faut
bien que votre âme ne soit pas aussi
blanche que la blanche hermine... Mais
voilà, on est jeune, on est très belle, on
est ardente... et avec cela on a un mari
qui est vieux... Tout de même, vous aurez
des choses curieuses à lui apprendre, le
jour où, renseigné par moi, il vous de-
mandera des comptes...

LA DAME, *après un long silence.* —
Monsieur Galmuche... une prière...

GALMUCHE. — Eh bien, quoi ?... Si c'est
pour un nouveau délai, je refuse.

LA DAME. — C'est pour un nouveau et
dernier délai, mais si court...

GALMUCHE. — Vingt-quatre heures, pas
plus. Pour rien au monde je ne consen-
tirai à autre chose.

La Dame. — Non, il me faut deux jours...

Galmuche. — Et vous me rembourserez la totalité ?...

La Dame. — La totalité, peut-être... mais, du moins, et en toute certitude, trente ou quarante mille francs.

Galmuche. — Allons, j'y consens. Mais deux jours, vous m'entendez ? Pas une minute de plus...

Le rapport finissait là. Sans doute, Henriette était sortie, avait regagné son fiacre, puis les magasins du Louvre, puis son coupé et enfin le boulevard Haussmann.

Jodry-Thuret rêva longtemps devant les feuilles sinistres, toutes pleines de la honte et de l'infamie qui se commettaient à l'abri de son nom.

Une question, maintenant, se posait devant son esprit :

— Elle a promis de trouver cinquante mille francs d'ici à demain, dernier délai. Comment s'y prendra-t-elle... Et suivra-t-elle, si belle, si séduisante, si tentatrice, le conseil de ce misérable ?

Alors qu'il était ainsi absorbé, Henriette entra.

Elle était plus belle que jamais. Rien en elle ne pouvait faire supposer qu'elle gardât rancune à son mari du dernier refus qu'elle avait essuyé. Et cependant, il comprit du premier coup — un secret instinct l'avertissait — qu'elle venait pour une nouvelle demande.

Comment allait-elle se produire ? Sous quelle forme prudente ?

Il attendit, non sans anxiété, éprouvant je ne sais quelle âpre et douloureuse joie à deviner les ruses d'Henriette.

Maintenant que, victime de débauches secrètes et de mystérieuses infamies, il la savait entre les mains des usuriers, il s'attendait à tout. Oh ! il n'était pas résigné ! Certes ! son âme loyale se révoltait contre tout ce qu'il avait découvert et contre tout ce qu'il soupçonnait, mais il savait bien, maintenant, qu'il aura son heure et qu'il se vengerait, une f la vérité connue...

Mais quelle vérité ?

Elle s'était approchée du vieillard souriant. Elle lui avait pris les mai l'avait forcé à se lever de son fauteu et l'avait attiré, malgré lui, sur un cr napé, où elle s'assit auprès de lui.

Les mains de Jodry-Thuret étaient glacées.

— Mon ami, dit-elle, il me semble avoir remarqué en vous une froideur que je ne m'explique pas... Avez-vous quelque reproche à me faire ?

Il eut le courage de répondre, car il fallait feindre jusqu'au bout, il fallait ne pas éveiller les soupçons de sa femme :

— Aucun reproche, Henriette.

— Bien vrai, mon ami ? dit-elle en se blottissant contre lui, malgré la répugnance intime du vieillard.

— Oui.

— Et vous m'aimez toujours ?

— Vous ai-je donné le droit d'en douter ?

— Je crois, en effet, que vous m'aimez encore, dit-elle... Pourtant, jadis, je vous trouvais plus confiant, plus gai et surtout plus empressé...

— Plus empressé, Henriette ?

— Oui... Mais d'abord, voulez-vous me répondre en toute franchise ?

— Qu'avez-vous à me demander ?

— Sommes-nous toujours, à tous les points de vue, dans la même situation de fortune qu'autrefois ? Avez-vous éprouvé des revers ou votre position au Palais a-t-elle diminué ?

— Rien n'est changé, Henriette... Je n'ai éprouvé aucun revers et, quant aux affaires qui me sont soumises, je n'ai que l'embarras du choix, et je ne choisis, comme autrefois, que celles qui me plaisent.

Déjà, clairement, il voyait poindre la question d'argent.

— Dès lors, la demande que je vais vous faire ne peut vous effrayer...

— Il est, vous le savez, Henriette, certaines limites que je ne dépasserai plus...

— Oui, je me souviens... Mais en vous reprochant tout à l'heure de ne plus être empressé auprès de moi, je n'avais pas tort, mon ami...

— Expliquez-vous, Henriette...

— Depuis notre mariage, vous n'avez pas laissé passer une année sans fêter par une galanterie l'anniversaire de ma naissance...

Il eut un léger mouvement de surprise.

Cet anniversaire — qui tombait la veille de ce jour-là — il l'avait oublié dans ses préoccupations tristes.

— En effet...

— Cette année, pourtant, dit-elle...

Elle n'acheva pas. Elle détourna les yeux, comme si brusquement ils s'étaient emplis de larmes et comme si elle avait voulu cacher ces larmes.

— Cette année, je ne m'en suis pas souvenu... je l'avoue, mais je suis prêt à réparer cet oubli involontaire... Avez-vous fait votre choix, cette année, de quelque chose qui vous plaise, et comment puis-je me faire pardonner de m'être montré si peu galant vis-à-vis de vous ?

Il lui offrait ainsi le moyen qu'elle cherchait.

Il le savait. Il agissait en connaissance de cause.

Le dénouement, il ne le prévoyait que trop et, simplement, il le brusquait, parce qu'il avait honte de la comédie que jouait Henriette.

— Ah ! Je vois que vous m'aimez toujours !

Elle lui enlaça le cou avec ses bras et posa sa jolie tête brune sur la poitrine du vieillard, les yeux relevés vers lui.

— Cette année, je serai très ambitieuse, dit-elle.

— Je vous le permets.

— Et puis, comme ce n'est pas de l'argent que je vous demande, je suis sûre que vous ne me refuserez pas...

— Que désirez-vous ?

— Une parure...

— Des diamants ?

— Non, un collier de perles... que je connais, que j'ai vu, admiré, rue de la Paix, et auquel je rêve même la nuit et qui m'empêche de dormir...

Souriante, car elle croyait avoir reconquis cet homme :

— Regardez... j'en ai les yeux tout fatigués et tout rouges...

Et elle approcha des lèvres de son mari ses yeux noirs pleins de séductions ardentes. Mais les lèvres restèrent sérieuses et froides. Elles ne rejoignirent point les yeux.

— Nous irons ensemble voir cette parure...

— Bientôt ? dit-elle avec une anxiété qui ne pouvait lui échapper.

— Aujourd'hui même...

Elle respira, soulagée. Sans doute elle venait de penser au délai que Galmuche, inflexible et brutal, lui avait fixé.

Mais comment cette parure pouvait-elle la sauver et la tirer des mains de l'usurier ? Voilà ce que Jodry-Thuret ne comprenait pas encore.

— Vous êtes-vous, du moins, informée du prix, Henriette ?

— Oui... Oh ! par curiosité... car cela me plaisait tant... et puis je sais qu'elle ne restera pas longtemps chez le bijoutier, cette parure... Déjà plusieurs offres ont été faites et, si elle n'est pas encore vendue, c'est que j'ai obtenu...

— Vous avez obtenu ?

— Que l'on attendrait quelques jours... avant de la céder... L'anniversaire que vous deviez oublier approchait... et je ne pouvais pas deviner que vous laisseriez passer ce jour-là... sans...

Elle baissa les yeux, comme sous une tristesse infinie...

— Vous ne m'avez pas dit quel est le prix de ce collier, dit-il...

— Il n'est pas cher, car il est admirable, mais pourtant j'ai peur de vous effrayer ; car c'est une grosse somme, une très grosse somme...

— Dites... il faut bien que je sache...

— Le bijoutier ne veut pas le donner à moins de...

— Eh bien ?

— Vraiment, je n'ose...

— Du courage, dit-il froidement... Un collier de perles, je sais à peu près ce que cela vaut... trente mille francs peut-être ?

— Davantage ! dit-elle, n'osant relever les yeux.

— Quarante mille francs ?

— Oui... quarante mille, après l'avoir longtemps marchandé, encore ! Mais si vous trouvez que je suis trop exigeante, il y aurait un moyen de tout accorder... permettez-moi de vendre quelques-uns de mes diamants... de ceux auxquels vous tenez le moins... et de cette façon il me sera facile de compléter la somme...

— Non pas, gardez vos diamants, Henriette...

— Et j'aurai ma parure ? dit-elle avec une sorte d'exaltation.

— Vous aurez vos perles quand vous voudrez !

— Oh ! que je suis heureuse, et que vous êtes bon !

Les jolis bras se resserrèrent autour du vieillard. Elle le couvrit de baisers. Mais il n'y répondit pas. Dans la fièvre de sa joie, elle n'y prit pas garde.

Maintenant qu'il lisait clairement dans ce cœur, il était lui-même impatient de la satisfaire. Car, désormais, sûr de l'avenir, sachant ce qu'elle voulait, il ne la perdrait plus de vue et pénétrerait enfin cette énigme.

— Je ne retarderai pas plus longtemps ton bonheur, dit-il, la tutoyant.

— Tu veux que nous allions tout de suite chez le bijoutier ?

— Oui... si tel est ton désir...

Un quart d'heure après, le coupé était attelé et ils descendaient.

Durant le trajet, elle ne cessa point de le remercier.

Lui, se demandait :

« Que fera-t-elle de ce collier ? Elle le revendra ? Mais je m'apercevrai de sa disparition... Elle doit s'y attendre... Non, elle a un autre projet... »

Chez Rovirat, rue de la Paix, l'affaire fut bientôt conclue.

C'était vrai, Henriette était venue deux ou trois fois, avait obtenu qu'il ne vendît point la parure avant de l'en avoir prévenue.

Pendant tout le retour, elle ne fit que répéter :

— Oh ! que tu es bon ! Que tu es bon !

Alors que lui, grave, réfléchissait :

« Comment va-t-elle se sauver, maintenant, des mains de Galmuche ? »

En rentrant, il lui laissa quarante mille francs pour payer le collier que Rovirat devait apporter une heure après.

Puis, prétextant qu'il était appelé au Palais pour une affaire importante, il sortit.

Et, cette fois, afin peut-être d'éloigner tout soupçon chez sa femme, il l'embrassa avant de partir.

— Tu ne sortiras plus, aujourd'hui ?

— Non. Je vais passer le reste de la journée à admirer mes perles...

— Je puis me servir du coupé ?

— Certes.

Et elle ajouta, comme revenant sur sa décision :

— Si j'ai besoin de sortir dans le courant de l'après-midi, je prendrai un fiacre.

Il la laissa, mais le coupé seul s'éloigna : il était vide. Jodry restait aux alentours.

Une demi-heure après, le bijoutier Rovirat, lui-même, apportait la parure dans son écrin.

Il trouva Henriette toute en larmes.

— Ah ! monsieur, disait-elle, en essuyant ses beaux yeux, combien je regrette de vous avoir fait venir et de vous avoir dérangé pour rien... Alors que je croyais déjà que cette parure qui me plaît tant, à laquelle je rêve depuis si longtemps, m'appartenait, alors que j'étais convaincue que mon mari avait accepté de m'en faire cadeau, il s'est ravisé en rentrant. Il m'a fait observer que j'avais déjà beaucoup de bijoux, que ce collier était cher, que l'état de ses affaires, en ce moment, ne lui permettait pas une aussi grosse dépense... Enfin, il est revenu sur sa décision... Il refuse... Je vous prie de m'excuser, monsieur Rovirat, je n'ai pas eu le temps de vous avertir afin de vous épargner une course inutile...

L'honnête bijoutier la consola.

Mais qu'y faire ? C'était Jodry-Thuret qui tenait les cordons de la bourse.

En sortant, toutefois, il dit :

— Peut-être votre mari reviendra-t-il encore une fois sur sa décision... les femmes, surtout quand elles sont jolies comme vous, ont tant de façons de s'y prendre !... Je garderai ce collier cinq ou six jours encore. Si M. Jodry-Thuret se ravise, vous me le direz.

— Merci, monsieur, hélas ! je doute !...

Le bijoutier s'en alla.

Il était à peine sur le boulevard qu'Henriette, mettant son chapeau à la hâte, enfermait trente-deux billets de mille francs dans un élégant portefeuille qu'elle glissait dans son sac à main, dégringolait l'escalier, arrêtait un fiacre qui passait, y montait et jetait cette adresse :

— Au Palais-Royal, au plus près de la galerie Montpensier.

Jodry, qui veillait, ne put entendre l'adresse, mais il désigna la voiture à un cocher et promit à celui-ci un fort pourboire s'il ne la perdait pas de vue...

Un embarras de tramways, d'omnibus et de tapissières, permit au second fiacre de se rapprocher du premier. Et ils ne se quittèrent plus.

Henriette s'arrêta rue Montpensier, près du Théâtre-Français ; son fiacre l'attendit et elle s'engagea sous les arcades du Palais-Royal.

Derrière un des piliers des arcades, il fut facile au pauvre homme de la surveiller, sans craindre d'être surpris dans son espionnage honteux.

Il la vit entrer chez le bijoutier Chadolin.

Mais il lui fut impossible de voir ce qu'elle pouvait y faire.

— Monsieur, avait-elle dit en entrant, avez-vous encore cette parure de perles que vous m'avez montrée, il y a quelques jours ? Vous vous souvenez sans doute que je vous ai prié de ne point vous en défaire, en vous donnant la quasi-certitude que je l'achèterais ?

— Je me rappelle fort bien, madame, dit Chadolin avec empressement.

— La parure est ici ?

— Je vais vous la présenter.

Il sortit d'un écrin un collier.

Elle l'examina avec attention.

— Oui, il est bien exactement semblable à celui de Rovirat.

— Exactement, madame, dit le bijoutier. Les deux colliers ont été copiés l'un sur l'autre... le premier en perles vraies, celui-ci en perles fausses...

— On s'y tromperait vraiment, même si les deux parures étaient voisines ?

— On s'y tromperait, je vous l'affirme...

Il ajouta, en riant :

— Sauf nous autres, du métier, bien entendu. Mais voyez-vous, madame, on fabrique si bien le faux maintenant, que c'est à se demander pourquoi l'on porte encore du vrai !

— Et le prix de cette parure ?

— Je vous l'ai dit l'autre jour, madame... quinze cents francs...

— Les voici.

— Je ferai porter la parure chez vous, dès ce soir.

— Inutile... Je l'emporte avec moi...

Cinq minutes après elle était sortie du Palais-Royal.

Le fiacre traversait la place du Carrousel, le pont des Saints-Pères, filait le long des quais, prenait la rue Dauphine, se dirigeait vers l'église Saint-Sulpice et s'arrêtait dans la rue Servandoni, étroite, sombre et silencieuse.

— Elle va chez Galmuche.

Jodry-Thuret ne pouvait plus rien apprendre.

Du reste, il savait que là veillait, pour son compte, un mouchard de l'agence.

Il rentra chez lui.

Henriette revint une demi-heure après et ne demanda pas à le voir.

Vers le soir, on remit à l'avocat une lettre apportée chez le concierge.

Il s'enferma dans son cabinet.

C'était l'agence qui écrivait. Et il lut, comme la dernière fois, un rapport laconique, dialogué, sténographié, sur l'entrevue qui avait eu lieu dans les bureaux de la rue Servandoni entre Galmuche et Henriette.

GALMUCHE. — Ah ! ah ! vous voilà, vous ? Ma foi, je vous le dirai franchement, je ne vous attendais pas...

LA DAME. — Ne vous ai-je pas promis ?

GALMUCHE. — Oh ! vous avez tant de fois manqué à vos promesses ! Est-ce que par hasard vous m'apportez les cinquante mille balles ?

LA DAME. — Non, pas cinquante... mais...

GALMUCHE. — Ah ! ah ! je le disais bien. Encore un délai ? Fini, ma belle...

LA DAME. — Pas cinquante, mais trente mille francs... et j'espère dans quelques jours être en mesure de vous solder le reste...

GALMUCHE. — Tout cela ne me satisfait guère... Mais enfin, c'est un effort... Il faut qu'on vous en tienne compte... Je vous donne huit jours pour le reste.

LA DAME. — Huit jours, monsieur Galmuche... ce n'est pas assez...

GALMUCHE. — Allons donc !... Huit jours, ça fait huit nuits... Je vous le disais, l'autre fois... avec des yeux pareils et cette taille, et cette élégance, vous auriez dû bien vite trouver chaussure à votre pied... Tenez, moi, le père Galmuche, je vous le dis carrément, si j'avais eu vingt ans de moins, je crois que je me serais laissé aller à faire des bêtises !

Le rapport finissait là...

— Voilà en quelles mains elle est tombée, murmura l'avocat... On l'outrage, elle entend des propos ignobles, et elle ne répond même pas... Mon Dieu ! Mon Dieu ! quel est donc le secret de cette malheureuse ?

Puis il réfléchit.

Elle avait versé trente mille francs à Galmuche.

D'où venaient ces trente mille francs ?

De toute évidence, ils avaient été prélevés par elle sur la somme qu'elle avait reçue pour payer à Rovirat le collier de perles...

En ce cas, de deux choses l'une :

Ou elle n'avait pas payé ce collier à Rovirat.

Ou elle s'était empressée d'aller le revendre à un bijoutier du Palais-Royal, pour une somme inférieure, laquelle lui avait permis de faire patienter l'usurier.

Rien de plus facile que de le savoir.

Il n'avait qu'à se faire présenter la parure, sous prétexte de l'admirer.

Il n'y manqua point et le soir, après dîner, il dit :

— Rovirat a tenu sa parole ?

— Oui, mon ami... mon collier est arrivé... j'ai passé mon après-midi à le regarder sous toutes ses faces... Voulez-vous en faire autant ?

— Je le veux bien ! dit-il en essayant de sourire.

Elle sortit pendant cinq minutes et revint, toute gaie, l'adroite et perverse comédienne, étaler le collier sur les genoux de son mari. Et elle fit valoir la pureté des perles, bien certaine qu'il ne s'apercevrait pas du subterfuge, et qu'ayant vu la parure chez Rovirat il serait persuadé que c'était bien cette même parure qu'il retrouvait ainsi. Du reste, il ne pouvait soupçonner encore la substitution.

Ce dont il avait voulu s'assurer, c'était qu'elle avait bien fait, chez le bijoutier de la rue de la Paix, l'achat convenu. Et cet achat le voici, il le tient entre ses mains.

Il le lui rendit et dit :

— Vous serez plus belle que jamais !

Elle lui sourit. Elle l'embrasse. Elle voudrait employer encore ses séductions. Mais Jodry-Thuret la laisse et rentre dans son cabinet et s'y enferme pour travailler. Pour travailler, non, car c'est un prétexte. Mais pour s'abandonner, encore, à ses rêveries douloureuses. Car un problème se pose en son esprit.

Puisqu'elle a acheté cette parure — et il est impossible que, l'ayant achetée, elle ne l'ait pas payée — elle restait sans argent.

Dès lors, d'où proviennent ces trente mille francs qu'elle a versés en acompte à Galmuche ?

Est-ce que, vraiment, dans son outrage insolent à cette femme, l'usurier avait eu raison ? Est-ce que, sûre de sa beauté, Henriette avait ?... Non, il se refusait à croire Henriette adultère... Henriette vendue ! C'était trop horrible... Et il en était là, pourtant, le pauvre homme... Le lendemain, il passait, à pied, rue de la Paix, s'arrêtant à toutes les devantures emplies de tentations, comme un simple flâneur... Au fur et à mesure qu'il s'approchait de Rovirat, il hésitait. Enfin, il passa, jeta un regard sur la devanture parmi tous ces diamants, ces colliers, ces pierres précieuses. En n'apercevant point la parure de perles, il

eut un soulagement. Il ne savait pas pourquoi. Il ne se rendait pas compte de ce qui se passait en lui. Des choses confuses, des suppositions embrouillées flottaient dans son esprit, parmi lesquelles il ne démêlait pas la vérité.

Mais il avait été si ému qu'un instant il s'arrêta là, devant cette devanture, comme attiré par quelque tentation.

De l'intérieur, Rovirat l'aperçut fort bien, mais, afin de ne pas le gêner, ne fit pas semblant de le reconnaître. Seulement, les gens du petit et du haut commerce sont adroits et ils ont surtout l'expérience du cœur humain. Rovirat, qui avait vu les larmes d'Henriette et qui s'imaginait que Jodry-Thuret avait bien véritablement refusé la parure à sa femme, pensa que le vieillard en éprouvait quelque repentir. Sans doute, la tristesse d'Henriette, déçue, avait agi sur son amour, et, encore irrésolu, mais déjà presque vaincu, il se surprenait à venir rôder autour des tentations offertes par le joaillier.

Rovirat ne parut donc pas l'apercevoir.

Fidèle à la promesse qu'il avait faite à la jeune femme de l'attendre quelques jours, il n'avait pas voulu remettre la parure en vente.

Or, pendant que Jodry-Thuret était arrêté dans la rue, il y avait chez le bijoutier plusieurs clientes.

Rovirat ouvrit l'écrin qui renfermait le collier de perles et il leur en fit admirer la beauté, se rapprochant même un peu du vitrage afin d'y chercher de la lumière.

Le bijoutier se disait, dans sa logique, ignorant le drame qui se passait au fond du cœur de l'avocat, que celui-ci, à la vue de cette parure, qui lui renouvellerait les larmes et les reproches d'Henriette, n'hésiterait pas plus longtemps, entrerait et conclurait décidément l'affaire...

Film Pathé. Production Ermolieff.

Jacqueline avait enfin trouvé l'occasion d'avoir avec Liliane l'entretien qu'elle recherchait.

Film Pathé. Production Ermolieff.

— Oh! Renaud! Renaud! fit Liliane, vous voici enfin! Jacqueline et Gervoise se réjouissaient de ce bonheur.

Fin Pathé. Production Ermolieff.

Malgré les sommes versées par Henriette, les époux Jérémit ne lui avaient remis qu'une seule lettre.

La santé profondément atteinte, Jodry s'était installé aux Bois-Murés.

Film Pathé. Production Ermolieff.

Quelle infamie allait inspirer à Henriette la jalousie qui la dévorait?

La Fille Sauvage. — 4-XIII.

Jodry-Thuret aperçut la parure, en effet.

Il reconnut l'écrin, tout d'abord.

Il reconnut le collier ensuite, dont la
forme originale lui avait plu.

Son cœur battit, il étouffa... Un san-
glot montait à sa gorge...

Et au lieu d'entrer, ainsi que Rovirat
s'y attendait, le pauvre homme s'éloigna
en chancelant.

Il commençait à deviner le manège
d'Henriette, sa ruse coupable.

Mais il ne voulait pas rester plus longtemps sur un pareil soupçon. Quelle
qu'elle fût, il préférait la vérité, même
affreuse.

Il courut au Palais-Royal, chez Chadolin.

Il entra, en tremblant, essayant de reprendre son sang-froid.

Deux fois déjà Chadolin avait demandé, poliment :

— Vous désirez, monsieur ?

Et le vieillard n'avait pas encore trouvé la force de répondre.

Enfin, calmé, simulant la plus par-
faite indifférence :

— Monsieur, ma femme a acheté, dernièrement, chez vous un collier de perles auquel il est arrivé un accident...
Deux perles se sont décrochées, et l'une
des deux, par mégarde, a été écrasée...
Voudriez-vous faire reprendre le collier
chez moi... pour le réparer dans le plus
bref délai possible ?

— M. Jodry-Thuret, je suppose ? interrogea le bijoutier.

— Oui...

— Rien n'est plus simple que la réparation de cet accident, monsieur... Je
m'étonne toutefois, car nos montures
sont renommées pour leur solidité et il
a fallu...

Jodry l'interrompit :

— Vous pouvez me dire, dès maintenant, quel sera le prix de la réparation ?

— A peu près... Quoique les perles
soient fausses, elles sont, cependant,
d'une fabrication supérieure, tout à fait
soignée, et nous pouvons les estimer à
une vingtaine de francs pièce... Du reste,
la parure étant de quinze cents francs,
ajouta Chadolin sans y prendre garde,
le compte des perles est facile à établir...

Et il ajouta avec empressement :

— Je suppose que Madame en est toujours satisfaite ?

— Oui, oui, très satisfaite...

— Je vous assure que, pour celui qui
ne serait pas du métier, il n'y a aucune
différence à faire entre notre collier et
celui de Rovirat, et c'est bien justement
ce que Madame avait désiré... de telle
sorte que...

De nouveau, le malheureux interrom-
pait :

— Je vous enverrai la parure ce
soir...

— Non, non, ne vous donnez pas la
peine... je passerai la prendre...

— Inutile... je l'enverrai...

Et Jodry-Thuret sortit, la tête en feu,
empli de fièvre.

Maintenant, la lumière était faite,
aveuglante... Il comprenait !...

Oh ! c'était bien simple ! Et comment
n'avait-il pas deviné du premier coup ?
Elle connaissait l'existence de la parure
de perles fausses... Depuis longtemps
sans doute, son projet était prêt... Elle
avait acheté cette parure, refusé celle de
Rovirat sous le premier prétexte venu...
Et les quarante mille francs dont son
mari lui avait fait cadeau avaient servi
à donner un acompte à Galmuche et à
calmer l'impatience outrageante de
l'usurier.

Voilà où elle en était tombée ! !

Mais tout cela avait un but...

Tout cela avait une cause...

Pourquoi avait-elle besoin de tout
cet argent ? Pour quelles dépenses mystérieuses, dont elle voulait se cacher à
son mari ?

Il le saurait, quelque effroyable que
dût être la révélation, car il sentait se

soulever autour de lui et l'envelopper comme une atmosphère de honte et d'ignominie...

Et maintenant une question se posait.

Ferait-il part à Henriette de ses découvertes ?

Et s'il s'y résignait, qu'en résulterait-il ?

Ou bien elle nierait, cherchant des mensonges, inventant, pleurant, se lamentant, et il assisterait à ce spectacle ignoble.

Ou bien, se voyant comprise et perdue, peut-être avouerait-elle ?

Non, elle n'avouerait jamais. Tout, chez lui, le lui criait. Et sa confiance et les questions de son mari auxquelles sans doute et depuis longtemps elle avait préparé des réponses, la mettraient désormais sur ses gardes. Et la vérité deviendrait plus difficile à découvrir, sinon impossible.

Mieux valait se taire, et surveiller toujours ! Mieux valait continuer l'infâme métier d'espionnage auquel il s'était condamné.

Un petit mot de l'agence lui parvint le jour suivant :

« Devons-nous interrompre notre surveillance ? »

Il répondit, laconique :

« Non... Soyez plus prudent, plus avisé et plus attentif que jamais ! »

Et, tranquille de ce côté, sachant qu'Henriette ne sortirait plus, ne ferait plus un pas, le jour, la nuit, quelle que fût l'heure, sans avoir à ses trousses un homme qui ne la quitterait pas, il se mit à la surveiller dans son intérieur, dans ses moindres paroles, ses moindres gestes, ses plus imperceptibles changements de physionomie, dans ses relations surtout, et, la nuit, presque dans ses rêves !...

Jamais il ne s'était occupé de la correspondance de sa femme.

Ce fut dès lors son grand souci.

Il négligea ses affaires, ne parut plus au palais, abandonna les causes qu'il avait acceptées, se renfermant dans son cabinet, ne se montrant plus.

Ses collègues, avec surprise, disaient de lui :

— Comme il a vieilli tout d'un coup !

En effet, ses yeux étaient troubles, ses traits étaient fatigués par cette tension énorme de son esprit, sa démarche était incertaine et vacillante : il n'était plus le robuste et gai vieillard, amoureux toujours de la séduisante Henriette, ce n'était plus que l'ombre de lui-même...

Et un jour enfin, où Henriette était sortie, où il la savait en visites, où il était sûr qu'elle ne rentrerait pas avant la nuit — et certain, d'autre part, que l'agence ne la quittait pas — un jour, il entra comme un voleur dans la chambre de sa femme, après avoir, sous des prétextes, éloigné les domestiques, afin de ne pas courir le risque d'être surpris dans la besogne humiliante à laquelle il s'était résigné...

Il voulait visiter les tiroirs, le bureau, le chiffonnier, tous les meubles, il voulait, une à une, soulever, retourner, ouvrir chaque chose, parce qu'il se disait qu'il était possible que le hasard, ou une imprudence, lui livrât sinon tout le secret, du moins une partie du secret d'Henriette.

Depuis la découverte du faux collier, il avait préparé cette journée de honte dont il avait rougi par avance. Il avait commandé à différents serruriers des doubles clefs pouvant aller à toutes les serrures.

Dans cette chambre élégante, témoin de son amour ardent, dans le boudoir empli d'objets précieux, de petits riens luxueux, dans le cabinet de toilette et jusque dans la salle de bain, il n'y aurait pas un objet, enfermé et tenu au secret, pouvant dérober un indice du mystère, qui lui échapperait.

Et il commença.

Tiroir par tiroir, il visita tout...

Ce premier jour ne lui suffit pas. Il dut interrompre ce travail de recherches, dans la crainte d'être surpris par la femme de chambre.

Il s'y remit deux jours après, puis une troisième fois, puis une fois encore et, au fur et à mesure qu'il achevait cette besogne, il désespérait, car il n'avait rien découvert. Les lettres qu'il avait lues étaient indifférentes, lettres d'amies qui étaient les unes en province, les autres à l'étranger.

Enfin, il fut bien obligé de s'avouer qu'il n'avait rien découvert. Rien n'avait échappé à son attention. C'était le cinquième jour qu'il consacrait ainsi à ses recherches et il allait quitter la chambre d'Henriette, lorsque son regard tomba sur le foyer, par hasard. Ne pensant qu'à sa déconvenue, et pris d'une sourde rage devant l'impossibilité de trouver la vérité, longtemps, devant ce foyer, il reste ainsi rêveur, comme si son esprit avait été absent, lorsque, tout à coup, il tressaille... un détail vient de le frapper.

On est en plein été, et il semblerait qu'on a fait du feu, récemment, dans cette cheminée. Derrière un paravent de vieille étoffe, il remarque que la trappe n'a pas été baissée jusqu'à son point extrême et dans l'interstice passe, à demi brûlée, une feuille de papier...

Il se baisse.

Il hésite avant de la prendre, car à quoi bon ? Est-ce cette feuille froissée, à demi carbonisée, presque détruite, qui lui apprendra le secret qu'il cherche ?

Il soulève la trappe, avec précaution.

Un courant d'air, qui se dégage, fait rouler en les mêlant tous les morceaux du papier qui a attiré son attention. Il les ramasse avec soin, en essayant de leur conserver l'ordre dans lequel il vient de les surprendre.

C'est bien une lettre. Et l'écriture en est grossière, l'écriture lui en est inconnue. Et, dès les premiers mots qu'il

lit et qui n'ont aucun sens, puisque toutes les phrases sont tronquées, il observe que l'orthographe manque.

Mais il ne peut faire d'autres remarques.

Il a réuni tous les lambeaux, jusqu'à ceux qui étaient à moitié carbonisés, mais sur les bords desquels on lisait pourtant quelques mots.

Et avec cette trouvaille — précieuse peut-être — il rentre dans son cabinet.

Il s'enferme.

Il est décidé à ne pas répondre, si l'on frappe.

Et même, pour ne pas être interrompu dans la besogne délicate de reconstitution à laquelle il va se livrer, il décroche le récepteur de son téléphone, afin que nulle sonnerie ne le fasse sursauter, au milieu de ses méditations.

Et sur son bureau, il mit, au hasard d'abord, tout ce qu'il avait ramassé.

Ce fut un travail minutieux, car il dut tenter de refaire, avant tout, la forme générale du papier qui avait servi à cette lettre.

C'était du papier grossier, rayé, quadrillé, comme on en vend dans les campagnes, à très bon marché.

Telle fut sa première observation.

Quant à l'enveloppe, qui aurait pu lui indiquer le bureau d'où la lettre était partie, il l'avait cherchée vainement dans la cheminée, il n'en avait découvert aucun débris.

La lettre, qui n'était écrite que sur un seul côté d'une page, donnait les phrases tronquées, ou plutôt l'éparpillement des mots suivants, auxquels nous laissons la disposition qu'ils avaient dans chaque ligne :

« ...Votre

« bon plaisir. . . . .

« . . . droguer depuis trop longtemps

« . . . .

« . . . . tenons. . . . .

« et que. . . . . herons pas. . . . .

« . . . . avant un
« mois, le cin. . . . . . . rancs que
« . . . .
« . . . . , lettres. . . . . . .
« . . . . Raigice
« . . . . vous serez donc. .
« . . . . désormais. Comme
« vous m'avez dit qu'il y a danger à
« nous recevoir chez vous. . . . . .
« . .et moi. . . . .
« . . . . .en huit, à
« cinq heures du soir chez le bistro qui.
« . . . . Huchette
« et . . . . .Saint. . . .On. . . .
« . . ., salle . . . . . . causer
« de l'affaire. . . . .
« . . . . . exacte, ou sinon, gare au
« père Jodry-Thuret !

> « Votre . . . .voué serviteur

> « . . . .rémit. »

Il colla ces morceaux sur une feuille
de papier, en observant à peu près les
intervalles que lui indiquaient les brû-
lures, les phrases, et les bords de la lettre.

Et devant cette feuille, il s'absorba, essayant de découvrir quel sens lui ca-
chaient ces mots épars.

Il lui parut que, dans sa teneur générale, cette lettre renfermait une menace
d'abord, une condition et une demande
ensuite, et se terminait par un rendez-
vous...

L'orthographe, en outre, n'existait pas
et il y avait une faute à peu près à chaque mot, ce qui rendait la lettre, au premier coup d'œil, à peu près illisible.

Enfin, la signature elle-même pouvait
être interprétée de différentes manières,
car on pouvait la supposer complète, et
alors l'auteur de la lettre s'appelait *Rémit*, ou il manquait une partie de cette
signature et il fallait deviner le reste. Un
certain mécontentement se manifestait
dès le début, et l'on pouvait reconstituer
la première phrase de la façon suivante,
presque avec la certitude de ne pas se
tromper :

« *Nous en avons assez d'attendre votre bon plaisir et vous nous faites droguer depuis trop longtemps... Nous vous
tenons... et que... nous ne vous lâcherons pas...* »

Après cette menace et ce rappel d'esclavage, il était question d'une somme
d'argent... mais ici l'incertitude était
grande.

S'agissait-il de cinq francs, de cinquante, de cinq cents ou de cinquante
mille francs ? Le doute était permis.
Toutefois, l'espace compris entre les
deux mots, entre le mot *cin*... et le mot
rancs, et où ne se trouvait qu'une trace
noirâtre, ne pouvait guère comprendre
plus de deux mots, tels que cinq cents,
ou cinquante mille... Jodry-Thuret en
était réduit aux conjectures... Mais étant
donné la menace du début qui semblait
prouver que cette demande n'était pas
la première, le vieillard pensa qu'Henriette n'aurait pas repoussé une demande d'une somme aussi minime que
celle de cinq cents francs...

Il pensa donc qu'il s'agissait ou de
cinq mille ou de cinquante mille francs.

Le nom de Raigice, jeté comme au
hasard dans cette lettre, retint longtemps son attention.

Et, chose étrange, Jodry-Thuret ne fut
pas surpris de le voir là...

Le nom de Raigice était mêlé, quoi
qu'il voulût, à tous les soupçons qui
étaient nés en son esprit depuis le jour
où il avait surpris, chez Henriette, la visite imprévue du jeune homme.

Mais, au-dessus de ce nom, il y avait
un mot, et ce mot « lettres » et ce nom
« Raigice » sollicitaient chez lui toute
une association d'idées... Les unes se
rapporteraient-elles à l'autre ?... Celui-ci
était-il l'auteur de celles-là ?... Quelles
étaient ces lettres ?... Ou le signataire
faisait-il allusion seulement à celles qu'il

avait écrites précédemment et auxquelles, peut-être, il se plaignait de n'avoir pas reçu de réponse ?... Même incertitude...

Plus loin, une phrase presque entière semblait démontrer qu'Henriette avait reçu — peut-être à des heures mal choisies — des visites dangereuses pour sa sécurité et qu'elle les avait déconseillées...

Mais la fin de la phrase, à laquelle un seul mot manquait pour qu'elle fût complète, disait que le signataire de la lettre ne parlait pas en son nom seulement, mais qu'il devait avoir un complice... Puis, le rendez-vous...

L'heure y était indiquée en toutes lettres... « Cinq heures du soir... »

L'endroit y était également indiqué...

« Chez le bistro... »

Un membre de phrase alors manquait. Peut-être était-ce l'adresse exacte, le numéro ou l'enseigne du marchand de vins.

Dans tous les cas, il ne serait pas difficile de découvrir celui-ci. Les deux noms accolés de la rue de la Huchette et de la rue Saint-Séverin, deux vieilles rues étroites du quartier Latin, tout près du quai et de la place Saint-Michel, spécifiaient le coin de Paris où les recherches devaient s'exercer.

Mais à quelle date, ce rendez-vous ?

Là encore se trouvait une indication, mais très vague... « ... en huit... »

Cela voulait dire :

De demain, d'après-demain, de lundi ou d'aujourd'hui en huit !...

Dans tous les cas, cette expression n'est guère employée que d'un jour de la semaine à un jour égal d'une semaine suivante, et Jodry-Thuret ne voyait pas là un obstacle insurmontable à la découverte qu'il cherchait.

Mais sans doute que le secret l'intéressait, lui, le mari, puisque la lettre se terminait, comme elle avait commencé, par une menace.

« Gare au père Jodry-Thuret !!! »

Restait enfin la signature.

L'écriture grossière et le manque d'orthographe indiquaient la provenance de la lettre, à moins que ce ne fût une double ruse pour dépister les recherches, dans le cas justement qui se présentait, c'est-à-dire si la lettre venait à tomber par hasard entre les mains du mari... Jodry-Thuret y pensa, mais ne s'arrêta pas à ce soupçon, car l'écriture ne semblait pas contrefaite et partait bien d'une main inhabile, peu habituée à manier la plume.

Quant à la signature, était-elle entière dans ce nom : « *Rémit* » ?... Ou bien le feu en avait-il brûlé le commencement ? Et fallait-il lire, alors, sans majuscule : « *rémit* » ?...

Ce nom et cette assonance frappaient l'oreille du vieillard comme un souvenir lointain.

— Oui, se disait-il, j'ai connu autrefois quelqu'un qui devait porter un nom pareil à celui-là, ou s'en rapprochant beaucoup... Et il me semble que ce nom m'a été familier... comme s'il avait été porté par quelqu'un de mon entourage et qui a été mêlé à ma vie...

Tout à coup il releva la tête, dans un brusque geste. Il se souvenait.

— Jérémit !!

Il se rappelait que c'était le nom d'une jeune paysanne qui avait été la femme de chambre d'Henriette aux Bois-Murés, avant son mariage.

Avant son mariage avec Jodry-Thuret et non après.

En effet, la paysanne s'était elle-même mariée presque en même temps que sa jeune maîtresse et avait épousé un jardinier du château qui était son cousin germain et portait le même nom qu'elle.

Le jardinier avait quitté le service du château quelque temps après pour aller vivre avec sa femme à Seine-Port.

De quoi et comment vivait-il ? Continuait-il d'y exercer son métier de jardihier ? Jodry-Thuret l'ignorait. Ces gens ne l'intéressaient plus et il les avait perdus de vue complètement.

La lettre, dont les morceaux s'étalaient devant lui, ne pouvait venir que d'un des deux Jérémit, de l'homme ou de la femme...

Des deux — moralement — car sans doute ils étaient complices.

Menace, demande d'argent, rendez-vous mystérieux, tout cela était clair et sentait d'une lieue son chantage.

Dès lors, Jodry-Thuret, prenant un crayon, reconstitua à peu près la lettre dans la forme suivante, qui lui parut s'adapter à tous les morceaux. Les membres de phrases d'une certaine longueur, il les inventa, pour tenir l'intervalle des morceaux brûlés. C'était le sens général qu'il essayait de comprendre.

Et voici comment il y parvint et ce qu'il reconstitua :

« Nous en avons assez d'attendre vo-
» tre bon plaisir et vous nous faites dro-
» guer depuis trop longtemps. Vous avez
» l'air d'oublier que nous vous tenons et
» que nous ne vous lâcherons pas...
» Nous comptons que vous nous procu-
» rerez avant un mois les cinq... francs
» que nous voulons et contre lesquels
» nous vous restituerons vos lettres à (ou
» les lettres de) M. Renaud Raigice...
» Vous serez donc alors bien tranquille,
» désormais... Comme vous avez dit qu'il
» y a danger à nous recevoir chez vous,
» ma femme et moi, à cause de votre
» mari, et que nous comprenons ce qu'il
» en est, nous vous attendrons... en huit,
» à cinq heures du soir, chez le bistro
» qui fait le coin de la rue de la Hu-
» chette et de la rue Saint-Séverin... On
» passera dans la petite salle de derrière
» et, là, on pourra causer de l'affaire. Et
» surtout ne manquez pas d'être exacte,
» ou sinon gare au père Jodry-Thuret...

« Votre dévoué serviteur,

« Jérémit. »

Toutes les chances étaient assurément pour que cette version fût exacte, et il n'y restait, comme on le voit, que deux lacunes, celle qui avait trait à la somme exigée par Jérémit pour prix des lettres dont il parlait, et celle qui devait être remplie par la mention de la date du rendez-vous.

En ce qui concerne le rendez-vous, Jodry n'était pas inquiet.

Tous les jours, à cinq heures, s'il le fallait, il irait se poster chez le marchand de vins de la rue Saint-Séverin, dont il ferait aisément son complice, et il finirait bien par surprendre l'entretien qui aurait lieu entre Jérémit et Henriette.

Peu lui importait également de ne pas connaître le véritable chiffre de la somme contre laquelle Jérémit devait consentir à restituer les lettres.

Cette somme, il la connaîtrait pendant le rendez-vous.

Mais ces lettres ? En quoi pouvaient-elles consister ?

Et puisque le nom de Renaud Raigice apparaissait soudainement en cette intrigue, ce ne pouvait être que des lettres d'amour...

D'amour innocent ou d'amour coupable ?

Tel était le problème à résoudre, maintenant, pour Jodry-Thuret.

III

LE CIEL S'ÉCLAIRCIT ET S'OBSCURCIT
TOUR A TOUR

Comme désormais la vie de Jodry-Thuret n'avait plus qu'un but : la solution de ce problème et la découverte du mystère dont les Jérémit semblaient avoir la clef, il résolut de se rapprocher d'eux et il annonça à Henriette qu'ils iraient terminer la belle saison au château des Bois-Murés. Ils ne l'avaient pas habité depuis quelques années et, sans être en mauvais état, certains arrangements y étaient cependant indispensables. Il s'en occupa sur-le-champ pendant qu'Henriette se mettait à ses premiers préparatifs.

Elle n'avait fait aucune objection au projet de son mari.

En attendant leur départ, Jodry-Thuret ne quittait plus les alentours de la rue de la Huchette et de la rue Saint-Séverin.

Et tous les soirs, à cinq heures, il établissait son quartier chez le marchand de vins dont la lettre de Jérémit lui avait révélé l'adresse.

Il n'avait pas eu de peine à le mettre dans ses intérêts. Quelques louis adroitement glissés, renouvelés fréquemment, lui avaient conquis l'amitié du patron.

Si l'endroit était bien choisi pour un rendez-vous de ce genre, il était non moins bien choisi pour qu'il fût possible de le surprendre.

Derrière la salle commune, et qui donnait sur la rue, il y avait un coin avec deux ou trois tables, séparé de l'autre pièce par une haute cloison qui en faisait une sorte de cabinet particulier.

Jérémit en avait parlé dans sa lettre.

Et dans cette petite pièce s'ouvrait un cabinet de débarras, assez large, prenant jour par une imposte sur une étroite cour humide et meublé d'un lit replié et de quelques ustensiles de toilette.

C'était là que couchait le garçon du marchand de vins, lorsqu'il y en avait un, ce qui était intermittent.

Et ce fut là que Jodry-Thuret alla se renfermer tous les soirs, à cinq heures, en attendant le rendez-vous de Jérémit et d'Henriette.

Deux jours, quatre jours, six jours s'écoulèrent.

Personne ne parut.

Mais Jodry, décidé à la patience, ne se décourageait pas.

Il ne voulait s'installer aux Bois-Murés que lorsque la vérité, sinon tout

entière, du moins en partie, lui serait connue.

Pendant que ces derniers événements se passaient dans le ménage du vieillard, Liliane poursuivait seule son idée. Mais huit jours environ après son entrevue avec l'avocat, après être restée absente de chez elle toute une matinée, elle eut en rentrant une grosse émotion.

Rue de Naples, comme elle passait rapidement devant la loge du concierge, celui-ci sortit tout à coup et l'appela :

— Mademoiselle ?

Elle s'arrêta. Le concierge disait :

— Mademoiselle, vous trouverez, sur le palier, devant votre porte, deux personnes qui vous attendent, assises sur deux chaises que je leur ai montées, dans l'escalier. Elles sont là depuis plus de deux heures qui ne disent pas un mot. Elles tiennent beaucoup à vous voir, probable...

— Leurs noms ?

— Je ne sais pas. Comme elles sont restées là, et que vous allez les voir, c'était inutile de les demander... Il y a un homme et une femme, encore jeunes tous les deux... et qui ont l'air très bien, surtout la dame qui m'a paru très triste, car elle portait souvent à ses yeux un mouchoir qui sentait très bon, une bonne odeur de violette...

Liliane pâlit.

C'était le parfum préféré de Jacqueline.

Elle murmura :

— Ma mère ! mon père !

Et toute tremblante, elle s'engagea dans l'escalier, se tenant à la rampe.

C'était vrai. Ils attendaient là, en silence, assis, les mains sur les genoux, n'ayant pas pu pénétrer dans l'appartement de Liliane parce que, ne les connaissant pas, la domestique n'avait pas consenti à les laisser entrer, et ils n'avaient pas voulu s'éloigner, tristes, émus, heureux pourtant de savoir qu'ils allaient la retrouver et qu'elle vivait, et qu'elle n'avait pas été malade.

Huit ou dix jours avant, Renaud leur avait envoyé un câblogramme dans lequel il leur donnait l'adresse de la jeune fille.

Et le lendemain, par le premier paquebot, ils étaient partis.

Dans quelles angoisses ils avaient vécu depuis la fuite de Liliane, nul ne le saura. Et ils attendaient son retour avec fièvre.

Quand ils l'aperçurent, toute pâle, si émue qu'elle avait à peine la force de monter les marches de l'escalier, ils ne purent retenir leurs larmes et, sans pouvoir se lever de leurs chaises, tellement ils étaient troublés, ils lui tendirent les bras.

Elle y tomba, pleurant, elle aussi.

Puis, ils entrèrent chez elle.

Là, dans l'intimité, les effusions redoublèrent.

Jacqueline redisait, ne pouvant trouver d'autre reproche :

— Méchante enfant ! Méchante enfant !

Et comme elle voyait que Gervoise, ayant dominé sa première émotion, restait grave et sévère, elle se mit à genoux devant lui :

— Père, dit-elle, je te demande pardon...

Alors, il dit :

— Tu es une ingrate et tu ne nous as jamais aimés et tu ne nous aimeras jamais, car, si tu avais eu pour nous la moindre affection, tu ne nous aurais pas causé un aussi grand chagrin...

— Pardon, père, pardon !

— Nous ne sommes ni ton père, ni ta mère, nous ne sommes rien que des étrangers qui, n'ayant pas d'enfants, ont pris soin de toi afin de déposer dans ton cœur un peu de l'affection paternelle et maternelle dont ils débordaient, ne te demandant en retour que ton amour filial. Tu t'es montrée sans pitié pour eux et

tu as failli faire mourir de chagrin cel qui te considère depuis longtemps et q t'aime comme si tu étais véritablemer sa fille.

— Pardon, père, pardon ! disait-ell dans ses sanglots.

Mais la sévérité du bon Denis Gervoi ne pouvait aller plus loin. Il était arriv rue de Naples avec la ferme résolutio de se montrer impitoyable afin que L liane comprît combien ils avaient ét cruellement atteints par sa fuite de New York : mais la douleur même de Lilian et ses sanglots et son repentir trion phaient de lui.

Et pendant que, relevée, les entourar tous deux, l'un après l'autre, de ses ca resses, les couvrant de ses baisers, el répétait son même mot de : « Pardon ! lui, Gervoise, infiniment troublé, il n put bientôt plus trouver, ainsi que Jac queline, d'autre reproche que celui-ci :

— Méchante enfant ! Méchante en fant !...

Puis, quand leur émotion, à tous trois fut un peu calmée, il fallut que, remon tant au premier jour de son départ d New-York, Liliane fît le récit détaillé jour par jour pour ainsi dire, de tout c qu'elle avait fait. Ils l'aimaient tro pour laisser subsister dans la vie de l'en fant une lacune, un vide. Et Liliane n pouvait avoir l'intention de s'y refuser

Elle leur fit le récit qu'ils demandaient de son voyage d'abord, puis de sa visit aux parents de Maurice Bargeton, e de ses recherches et de ses efforts, aprè avoir pris lecture des débats du procè de Renaud Raigice.

Jacqueline éprouvait une douleur ter rible...

Elle se trouvait jetée dans une situa tion inextricable, pleine d'épouvante ments et dont l'horreur fut telle que la malheureuse femme ne put retenir un cri :

— Ah ! mon Dieu !

Liliane s'arrêta dans son récit.

Gervoise se leva vivement et s'élança vers sa femme.

— Qu'as-tu donc ? Pourquoi une pareille émotion ?

Jacqueline, en effet, était d'une pâleur mortelle.

Mais son énergie était grande.

Elle se raffermit, et, dans la crise atroce qu'elle traversait, elle eut la force de sourire pour rassurer son mari et sa fille.

— Ce n'est rien... je vous jure... Depuis le départ de Liliane, je suis sujette à certains troubles qui vont se dissiper désormais, puisque désormais je vais être heureuse comme... comme par le passé...

Que lui restait-il à faire ?

Empêcher à tout prix Liliane de continuer son enquête.

Mais comment l'empêcher ? Elle ne le savait.

Et sa détresse était d'autant plus grande qu'elle voyait Gervoise décidé, au contraire, à soutenir et à encourager Liliane, ainsi que déjà il avait paru l'encourager et la soutenir autrefois, lorsqu'il avait laissé une fortune à la disposition de la jeune fille, sur la prière de celle-ci !

Et, en effet, Gervoise avait écouté le récit de Liliane avec une attention extrême et sans l'interrompre une seule fois.

Lorsqu'elle eut terminé :

— Si tu m'avais confié tes projets, mon enfant, dit-il, il est fort probable que tu nous aurais épargné un grand chagrin, car nous t'aurions suivie dans ton voyage et, dans la mesure de ce qu'il m'eût été possible de faire, je t'aurais aidée ! Je comprends que tu aies voulu pénétrer le secret du passé que Renaud Raigice te cachait si obstinément. Et maintenant que ce secret est connu de toi, je comprends que tu veuilles faire éclater aux yeux de tous une innocence qui n'a été autrefois qu'imparfaitement admise et que tu recherches le véritable

auteur de la mort de Villedieu. Oui, je te comprends, mais je suis persuadé que tu n'y parviendras pas, car Raigice lui-même a échoué, bien que je l'eusse mis sur une piste nouvelle...

Jacqueline releva brusquement son front pâle.

— Oui, je veux parler de ce couteau qui fut l'instrument du crime.

Et il raconta à Liliane le détail qu'on n'a pas oublié.

Jacqueline l'écoutait avec terreur, observant Liliane qui prenait à ce récit un intérêt passionné.

Et elle murmurait :

— Mon Dieu, je suis perdue...

Liliane disait :

— Ainsi, père, Maurice savait tout ce que vous venez de me dire ?

— Oui.

— C'est étrange, murmura-t-elle...

— Explique ta pensée, mon enfant...

— Je dis que c'est étrange, parce que je ne pense pas, en effet, que Maurice ait fait le moindre effort pour découvrir la vérité... et il n'a pas dû profiter, pour tenter une enquête nouvelle, de l'indice que vous mettiez entre ses mains.

— Comment le sais-tu ? Ou qu'est-ce qui te le fait croire ?

— Ceci, que Maurice est allé se réfugier chez ses parents aussitôt qu'il fut de retour en France... Il ne s'est donc occupé de rien... Ceci encore, que Maurice fit tout ce qu'il put pour m'empêcher de continuer mes recherches personnelles.

Le cœur de Jacqueline battait douloureusement.

— Du moins, demandait Gervoise, il a dû te donner des raisons...

— Oui, certes, et quelles raisons ! fit la jeune fille avec son rire nerveux, puisqu'il a été jusqu'à prétendre que le vrai coupable... tant cherché...

— Eh bien ?

— Ce n'était autre que lui-même !

Dans un geste singulier Jacqueline venait de se cacher la tête dans les mains.

Une crainte affreuse traversait sa pensée : pourquoi Renaud Raigice en arrivait-il à s'accuser ?

Or, qui mieux que Jacqueline savait qu'il n'était pas le meurtrier de Villedieu ?

Il ne pouvait donc prendre la responsabilité de l'acte criminel que par dévouement, que par sacrifice ? Envers qui, sinon envers elle-même ?

La vérité lui était donc connue ?

Le hasard lui avait donc livré le secret du coffret qui ne contenait pas seulement les dix millions de bijoux de Robert Robertson, mais qui renfermait aussi les lettres qui pouvaient accuser et perdre Jacqueline, tout en enlevant au meurtre de Villedieu ce que le monde lui eût trouvé d'inexplicable et d'odieux ?

— Mais qu'as-tu donc, Jacqueline ? répéta Gervoise.

— Rien, rien... j'écoute avec émotion ce que nous conte notre fille.

Alors à l'esprit de la pauvre femme, une obligation s'imposa.

Voir à tout prix Renaud Raigice...

Essayer de surprendre en lui ce que cachait ce dévouement.

Tant d'années après, quand elle se croyait pour toujours à l'abri des soupçons et d'une accusation, voilà que tout croulait autour d'elle ! voilà que se soulevait de sa tombe le mort — le mort infâme ! — pour ruiner sa vie une fois de plus, et la vie de ceux qu'elle aimait — ainsi que deux fois il l'avait fait jadis ! !

Et si douce et si tendre, Jacqueline se sentit reprise de toute sa haine contre cet homme cause de tout.

Et le problème, en elle, se posa plus redoutable encore.

Que lui était-il possible de faire et comment empêcher la jeune fille, si énergique et si ardente, — soutenue par Gervoise — de poursuivre ses recherches ?

Liliane avait pris trop à cœur l'enquête à laquelle depuis son arrivée à Paris elle se consacrait, pour garder longtemps le détail si grave que Denis Gervoise venait de lui confier.

Elle se rendit, dès le lendemain, dans la matinée, boulevard Haussmann, chez Jodry-Thuret et demanda à être amenée sur-le-champ auprès de l'avocat.

Un valet de chambre répondit :

— Monsieur est malade et ne reçoit personne...

— Il me recevra si vous lui portez mon nom...

— J'ai l'ordre...

— Je sais que cet ordre ne peut être pour moi...

Elle écrivit son nom sur un bloc-notes.

Le valet de chambre disparut. Il revint quelques instants après.

— Si Mademoiselle veut me suivre... Monsieur est souffrant et au lit, et s'excuse de recevoir Mademoiselle de cette façon...

En effet, Jodry-Thuret était au lit. La veille, le cerveau affaibli, les jambes comme fauchées, sans forces et sans plus de ressort, il était tombé soudainement dans un état de prostration extrême qui avait nécessité l'intervention urgente d'un médecin.

Mais son tempérament vigoureux devait vivement reprendre le dessus.

En se voyant dans l'impossibilité de sortir, il avait mandé aussitôt l'agent Martin, sur l'intelligence et la discrétion duquel il savait pouvoir compter, et lui avait donné, en grand secret, ses instructions au sujet du rendez-vous que Jérémit exigeait d'Henriette.

— C'est bien, avait dit l'agent, après avoir examiné la lettre reconstituée... Le rendez-vous ne peut tarder... dès que je saurai quelque chose, je vous ferai parvenir mon rapport... Ma mémoire est si bonne que je peux retenir aisément et mot pour mot une conversation entre plusieurs personnes, cette conversation durât-elle une heure...

Il n'eut aucun reproche à faire à Henriette pendant cette indisposition.

Elle le soigna et même elle voulait le veiller la nuit, en faisant monter un lit dans la chambre du vieillard.

Il s'y était opposé.

Elle était auprès de Jodry-Thuret lorsque Liliane fut introduite.

Au nom de Liliane, prononcé devant elle, Henriette avait éprouvé une vive émotion, du reste aussitôt dissimulée.

Elle se rappelait son entretien avec Renaud Raigice.

Dans cet entretien, elle avait laissé voir au jeune homme combien elle l'aimait encore — d'un renouveau d'amour, fait du repentir de sa lâcheté d'autrefois — et cet aveu, devant lui, n'avait pas trouvé grâce, car il ne lui avait pas caché l'affection profonde et passionnée de Liliane et comment il avait répondu à cette affection.

Dans l'émotion d'Henriette, il y avait donc, tout à la fois, de la curiosité et de la haine — de la haine pour une rivale, — une rivale préférée...

Liliane ne put comprendre — la charmante fille — le regard qu'elle reçut lorsqu'elle entra dans cette chambre tiède de malade. Elle avait vu, jadis, très souvent Henriette, alors jeune fille, dans les relations de Primerose et des Bois-Murés. Elle la reconnut tout de suite et lui tendit la main. Henriette ne pouvait que répondre à cette marque de politesse et de cordialité. Mais la main qui serra celle de Liliane était glacée, inerte, et Liliane éprouva, de cette étreinte, comme une sorte d'effroi et de répulsion.

En la retrouvant si belle, si séduisante, Henriette sentit sa haine augmenter encore.

Elle comprit que cette enfant était digne d'être aimée, et quelle rivale redoutable, en effet, elle trouvait devant elle !

Jodry-Thuret se soulevait dans son lit :

— Mademoiselle, disait-il, vous me pardonnerez de vous recevoir ainsi, mais je puis quand même écouter, sans fatigue, ce que vous aurez à me dire... Vous savez que je suis tout acquis à la cause que vous voulez défendre...

En l'écoutant, Henriette se rappelait ce que lui avait dit Renaud.

Renaud avait dit :

« Je vous pardonnerai... j'oublierai... si votre influence sur votre mari peut le décider à empêcher Liliane de poursuivre son enquête... »

Quel intérêt avait-il à une pareille demande ? Elle l'ignorait. En tout cas, elle avait refusé. Et, violente, elle avait répété à Renaud, à plusieurs reprises, cette menace : « Je vous jure, Renaud, que jamais Liliane ne sera votre femme... Elle ne sera pas à vous... aussi vrai que je vous aime... aussi vrai que j'ai été coupable et lâche envers vous ! »

Et comme il avait demandé quel moyen elle comptait employer pour arriver à son but, elle avait répondu : « Ceci est mon secret ! »

Tout était à redouter de cette femme qui, se sentant coupable, s'était vainement et trop tard repentie sans obtenir son pardon.

Jodry-Thuret demandait à Liliane :

— Vous venez sans doute m'entretenir de Renaud ?

— Oui.

Le vieillard se tourna vers sa femme et il allait lui dire de les laisser, lorsque celle-ci devança son désir, en souriant :

— Si vous avez besoin de moi, mon ami, veuillez me faire appeler, je ne m'éloignerai pas...

Il la remercia d'un geste, avec une vague sourire. Alors elle sortit.

Mais elle attendit dans une pièce voisine. Elle écouta tout d'abord si Liliane ne venait pas pousser la porte de communication et soulever la portière, afin de vérifier si vraiment elle était partie. Puis, le murmure des voix de Liliane et du malade lui ayant appris que l'entretien était commencé, elle revint, marchant sur la pointe des pieds, dans le cabinet, contigu à la chambre. Là, montée sur un fauteuil et masquée par un corps de bibliothèque au-dessus duquel s'ouvrait une large baie, elle tendit avidement l'oreille.

Liliane avait une voix nette et précise dont chaque mot arrivait, en toute clarté, jusqu'à la jeune femme.

Quant à l'avocat, il répondait du fond de son lit ; sa voix était plus assourdie, elle ne l'entendait presque pas.

Peu lui importait.

Ce qu'il était essentiel qu'Henriette apprît, c'était ce que Liliane voulait confier à Jodry-Thuret. Et elle l'apprenait.

Et au fur et à mesure qu'elle devina le sens de cette révélation, sa figure exprima une joie méchante, profonde, comme le triomphe de son âme vindicative et haineuse.

Liliane mettait Jodry-Thuret au courant de l'histoire que Denis Gervoise lui avait racontée.

Elle lui disait comment l'innocence de Renaud Raigice eût éclaté plus sûrement si Gervoise, craignant le scandale, n'avait pas gardé pour lui la trouvaille du couteau qui avait servi au crime.

— En effet, murmurait Jodry-Thuret, c'est un détail d'une importance réelle. Jadis, si nous l'avions connu, il nous eût été utile... mais aujourd'hui, après tant d'années, je doute qu'il puisse nous servir à quelque chose.

Henriette n'avait pas besoin, probablement, d'en entendre davantage.

Elle se retira prudente, lentement, marchant sur la pointe des pieds et elle alla s'enfermer dans sa chambre.

Et il faut croire que tout ce qu'elle avait surpris ainsi était bien grave pour elle et surtout bien heureux, car elle dit tout à coup, tout haut, ne pouvant se retenir de parler ainsi, dans le tumulte des pensées mauvaises qui assiégeaient son cœur :

— Jamais cette fille ne sera la femme de Ren... ad... Je les tiens, tous, et je leur ferai sentir qu'ils sont en mon pouvoir.

Elle les *tenait*, en effet.

Voici, en effet, ce qui s'était passé.

On se rappelle que, certain jour, alors que Jacqueline venait d'avouer sa maternité à Villedieu, son amant, elle avait surpris celui-ci qui avait pénétré dans la chambre de la jeune fille en son absence et qui avait tout bouleversé pour retrouver ses lettres.

Jacqueline, indignée de cette infamie et de cette lâcheté, prévoyant peut-être l'avenir, les lui avait refusées, alors que la veille encore elle les lui eût rendues sans hésiter.

De son côté, Villedieu rapportait, ce même jour, à sa maîtresse, les lettres d'elle qu'il avait en sa possession.

Il les offrait à Jacqueline en échange.

Et celle-ci avait répondu, avec une fierté méprisante :

« Les lettres que je vous ai écrites ne m'appartiennent plus. Gardez-les si bon vous semble... »

Et Villedieu était parti, sans les lui rendre.

Il les avait enfermées avec d'autres papiers dans un bureau dont il avait toujours sur lui la clef, en se disant qu'elles lui serviraient peut-être un jour, mais qu'il avait le temps de les anéantir.

La mort était venue le surprendre brusquement avant qu'il les eût anéanties.

Mme Villedieu, qui avait été vivement affectée par la fin tragique de son mari, n'avait pas tardé à mourir à son tour.

Et Henriette, restée seule en possession des papiers paternels, avait découvert les lettres de Jacqueline.

Elle les avait lues, une à une, avec un intérêt passionné, car il lui sembla que cette lecture, du premier coup, éclairait le mystère de la mort de Villedieu.

Elle ne fit pas cette découverte du premier coup, mais à force de réflexions et en évoquant ses souvenirs d'enfant et de jeune fille...

Durant les mois de misère que Jacqueline avait passés à Paris après son départ des Bois-Murés, et avant la rencontre de Gervoise, la pauvre femme avait reçu de nouveau quelques lettres de protestation de Villedieu lui demandant des rendez-vous. Tout d'abord, elle n'avait pas voulu y répondre, puis elle avait écrit, en un jour de désespoir, une lettre définitive, laquelle avait mis fin à la correspondance de Villedieu.

Dans cette lettre, Jacqueline faisait allusion au séjour qu'elle avait fait dans les environs de Nantes et à la naissance de l'enfant qui était la fille de Villedieu.

Le nom de Danloup y était prononcé. Du reste, ce n'était pas une indiscrétion et une imprudence qu'elle commettait là, car, ce nom, Villedieu le connaissait depuis longtemps. Il savait que c'était chez ces braves gens que Jacqueline avait été recueillie et élevée. Et, dans la nuit que les deux amants passèrent ensemble, après la révélation faite par Jacqueline de sa maternité, et quand elle eut repris confiance en Villedieu, la jeune femme avait fait des projets d'avenir et parlé des Danloup chez lesquels, s'il l'avait fallu, elle eût envoyé l'enfant qui allait naître, jusqu'au jour où le mariage avec son amant lui permettrait de le reprendre auprès d'elle.

Les premières lettres trouvées par Henriette prouvaient les relations de Villedieu avec Jacqueline, brusquement interrompues par le départ de celle-ci quelque temps avant le mariage de Villedieu avec Mme de Montrieux.

Déjà, cela était clair pour Henriette.

Villedieu avait abandonné sa maîtresse pour faire un mariage dans lequel il n'avait considéré surtout que la fortune... Et Jacqueline était partie...

La lettre définitive donnait plus de détails encore, puisqu'elle précisait à Henriette certains points, et puisqu'elle contenait l'aveu de la maternité.

En outre, Jacqueline avait répété à Villedieu la menace qu'elle lui avait faite lorsqu'elle s'était séparée de lui : « Quelle que soit ma destinée, vous serez un étranger pour moi tant que vous n'essayerez pas de vous mêler à ma vie... Mais si vous l'essayez, malheur sur vous ! »

Et lorsqu'elle refaisait l'histoire de cette nuit maudite où, par sa lâcheté, elle avait été complice du meurtre de son père, Henriette, en frissonnant, se disait que le meurtrier, tant cherché, devait être Jacqueline. En fille avertie qu'elle était à cette époque, et pour laquelle le manège ordinaire de l'amour coupable n'était plus un mystère — puisqu'elle-même était la maîtresse de Renaud Raigice — elle fut surprise, à différentes fois, de la préoccupation et de l'attitude de Villedieu lorsqu'il se trouvait en face de Jacqueline, lors des relations fréquentes qui s'étaient établies entre Primerose et les Bois-Murés. Si elle avait eu le moindre soupçon à cette époque, ce soupçon eût été confirmé tout de suite et se fût changé en certitude. La révélation arrivant après coup lui rappelait ces souvenirs. Un moment il lui était venu à l'idée que le meurtre avait pu être commis par Jacqueline. Dans quelles conditions ? Dans quel but ? A la suite de quels événements ? Elle ne le savait, et pour le savoir il eût fallu qu'elle devinât le marché de honte et de lâcheté que son père avait proposé à la pauvre femme. Elle était donc restée depuis lors sur une sorte de qui-vive. Elle n'avait qu'une certitude morale que Jacqueline était coupable. La certitude matérielle manquait. Cependant le doute était si fort chez elle qu'Henriette n'avait pas craint de menacer Renaud Raigice de sa haine et de sa vengeance, en termes mystérieux, lorsque Renaud lui avait avoué son amour pour Liliane. Elle avait été frappée, plus tard, en effet, par l'arrivée de cette enfant dans le ménage de Gervoise. Comme elle possédait, avec les lettres de Villedieu, une base d'enquête, elle s'était informée à Nantes, par l'intermédiaire de gens adroits, auprès de la famille Danloup, et elle n'avait pas tardé à apprendre la disparition de la petite fille qui leur avait été confiée. De là à supposer avec raison que cette enfant était la même que celle que Jacqueline devait recueillir, il n'y avait qu'un pas aisé à franchir. Une seule indécision lui resta, sur le rôle que Robertson avait joué dans cette affaire. Mais cela était de peu d'importance. Elle tenait une partie du secret.

Elle ne s'était plus occupée de rien par la suite.

Elle ne croyait pas que l'avenir lui réserverait d'être mêlée de nouveau à la vie de Jacqueline, de Liliane et de Gervoise.

Et voilà que, soudainement, dans le renouveau de son amour coupable pour Renaud Raigice, elle trouvait en Liliane une rivale. Et quelle rivale !

Aussi belle et plus belle qu'Henriette l'avait jamais été...

Aimant cet homme avec adoration, avec une abnégation, un dévouement dont elle avait donné des preuves... Amour tout à la fois chaste et passionné auprès duquel les élans d'Henriette paraîtraient bien froids, contre lequel elle allait avoir à combattre avec une infériorité évidente, car la maîtresse de Renaud aurait à se relever aux yeux de son ancien amant et à se faire pardonner la lâcheté d'autrefois.

Tel était l'état d'esprit de la jeune femme.

D'après toutes les découvertes qu'elle avait faites, il était logique pour elle de penser que Jacqueline était coupable.

Mais la logique n'est pas une preuve décisive, il s'en faut.

Et la preuve décisive lui avait manqué jusque-là.

Comprend-on maintenant son triomphe ?

Cette preuve, elle venait de l'acquérir.

Car ces détails de l'enquête, elle les connaissait aussi bien et mieux que Liliane, pour les avoir, en partie, vécus !

Le récit de la jeune fille à Jodry-Thuret venait de l'éclairer...

Oui, elle se rappelait que l'instrument du crime avait disparu, que l'arme qui avait servi à commettre le meurtre n'avait pas été retrouvée.

Et, tout à coup, elle apprenait d'où était sortie cette arme...

Du cabinet même de Gervoise ! !

Quelle preuve accablante ! réunissant par un lien solide tout le faisceau des autres preuves ! !...

Et son imagination, surexcitée par sa haine naissante pour Liliane, et par son amour renaissant pour Renaud, et par l'espérance de triompher, enfin, reconstituait le crime auquel elle avait assisté dans le petit pavillon des Bois-Murés...

Son père, en retrouvant Jacqueline, abandonnée jadis, mais qu'il n'avait peut-être jamais cessé d'aimer, avait essayé de renouer ses anciennes relations.

Jacqueline s'y était refusée...

Pour quels motifs : dégoût, frayeur de son mari, qu'importait...

Alors, violent, sans scrupules, Villedieu, après les prières, en était arrivé aux menaces...

Les menaces, sur l'esprit et sur la volonté de Jacqueline, n'avaient pas eu plus d'influence que les prières.

Elle avait paru accepter un rendez-vous.

Elle y était venue.

Et le dénouement de cette situation avait eu lieu pendant la fête qui, à la même heure, et comme pour éloigner tout soupçon, se donnait dans les salons du château de Primerose.

Bien des choses lui échappaient encore, mais elle pouvait tenir pour vrai l'ensemble des faits qu'elle venait de découvrir.

Nulle autre que Jacqueline n'aurait pu, dans le cabinet de travail de son mari, s'emparer de ce couteau...

Et dans l'effroyable terreur qui avait suivi le meurtre, Jacqueline, affolée, avait laissé l'arme dans la plaie...

Gervoise, survenant au matin, avait trouvé l'arme...

Un instant, elle soupçonna Gervoise lui-même d'avoir été le meurtrier.

Mais le soupçon s'évanouit devant ses réflexions.

Gervoise, au courant des anciennes amours de Jacqueline et du secret de la naissance de Liliane, n'eût point conservé auprès de lui la fille et la mère.

Puis, cette histoire du couteau, il l'eût gardée pour lui... il ne l'eût racontée à personne... Car c'eût été éveiller les doutes, et cela de gaîté de cœur...

Non, non, impossible de douter.

C'était Jacqueline qui avait tué Villedieu...

Et, les yeux illuminés d'une méchante joie, elle répétait :

— Je les tiens... ils sont à moi... je ferai ce que je voudrai !

IV

PROJET DE MARIAGE

Maintenant que Gervoise et Jacqueline avaient retrouvé Liliane, il n'y avait plus aucune raison pour eux de rester plus longtemps à Paris et ils convinrent aussitôt qu'ils iraient s'installer à Primerose. De là, Liliane, à laquelle Gervoise entendait laisser son entière liberté, pourrait, tout aussi bien que de Paris, continuer l'enquête qu'elle avait entreprise.

Ce n'était jamais avec joie que Jacqueline se retrouvait dans la jolie résidence d'été où le pauvre Robertson l'avait si tendrement aimée autrefois.

Trop de souvenirs se rattachaient, pour elle, à ce coin de pays.

Et des souvenirs presque tous bien cruels.

Non seulement le passé, sous les coups du hasard aveugle, semblait vouloir se lever contre elle et la frapper à nouveau, mais ne voilà-t-il pas que ce destin, qui s'acharnait sur sa vie, la ramenait, pour le dénouement du drame de sa jeunesse, dans les lieux mêmes où le drame s'était passé ?

Au bout des pelouses et longeant la Seine, elle revoyait la petite maison du bord de l'eau où elle avait été si malheureuse après son mariage, où Denis Gervoise avait failli devenir criminel... où elle avait failli voir sa fille mourir entre ses bras...

Elle avait vécu, en ce soir-là, une heure atroce, une de ces heures d'où la folie peut naître...

Et elle frissonnait, de toutes les épouvantes d'autrefois et de toutes les horreurs, lorsqu'elle entrait là, pressée par le souvenir...

Elle y retrouvait pour ainsi dire sa jeunesse attachée à chacune des choses restées là... ce pauvre lit où Gervoise avait passé tant de nuits sans sommeil, dans la fièvre et même dans le délire...

Ce grand cabinet où des planches posées sur des chevalets lui formaient des tables de travail et où il s'enfermait pendant des journées entières, cherchant, inventant, l'imagination en torture...

Et cette table qui devait servir à leurs repas, devant laquelle si souvent ils avaient jeûné, et sur laquelle il avait pris, en ce soir tragique qui avait décidé de leur vie, le couteau qui avait failli tuer Robertson et qui, plus tard, tua Villedieu.

Oui, tout était là... Rien n'était changé...

Derrière la maison, seulement, les bois avaient poussé, rejoignant les pelouses et le parc de Primerose enfermés dans un mur de clôture avec tous les terrains acquis par Gervoise.

Plusieurs fois, dans les promenades où Denis essayait de l'entraîner, il avait voulu l'emmener jusqu'au pavillon des Bois-Murés, — ou, du moins, leurs promenades avaient paru se diriger de ce côté.

Alors elle avait cherché un prétexte pour ne pas aller plus loin.

Elle rentrait. Elle n'avait pas le courage de passer là. Elle craignait de se trahir par quelque émotion devant lui, car, depuis qu'elle savait que Liliane s'occupait de cette enquête, sa vie était ainsi remplie d'angoisses...

Au contraire, pendant qu'elle fuyait ce pavillon, Liliane s'y rendait presque chaque jour.

Ce fut — à son arrivée — sa première promenade.

Elle la fit même en hâte, comme si elle avait espéré que la vue de ce lieu, maintenant qu'elle avait pénétré un peu plus avant dans ce drame, le lui ferait comprendre entièrement.

Le pavillon n'avait pas été entretenu par Jodry-Thuret, bien qu'il fût venu à plusieurs reprises habiter les Bois-Murés avec Henriette.

Et Henriette avait, de son côté, toutes sortes de raisons pour ne s'en occuper aucunement, de telle sorte qu'il avait été tout à fait abandonné.

Les plantes grimpantes, lierres, vignes, chèvrefeuilles, parasites de toutes les formes, l'enveloppaient soigneusement d'une épaisse muraille de broussailles et de verdures, comme si elles avaient voulu voiler d'un peu plus de mystère le mystère d'autrefois.

Liliane n'y pénétra point par la porte donnant sur le carrefour.

Elle fit comme dans ses premières aventures.

Elle grimpa sur l'arbre dont les branches s'avançaient vers la fenêtre du premier étage, du côté des ruines de l'abbaye.

Ces branches avaient poussé et pénétraient maintenant avec une curiosité insolente dans l'intérieur même par l'ouverture restée béante de la fenêtre disloquée.

Elle n'eut pas besoin de sauter : elle enjamba.

Les planches du parquet commençaient à se pourrir sous les atteintes de l'humidité et cette chambre servait de retraite à des oiseaux nocturnes, à des légions de rats, à d'innombrables régiments d'araignées, à des nids d'hirondelles et de petits oiseaux, et même des abeilles avaient fini, dans les trous des murs, par s'y installer et par s'y trouver bien.

Tout cela vivait ainsi, jamais dérangé, dans ce coin de solitude, et il y en avait tant, de ces bêtes, que Liliane ne marchait qu'en tremblant.

Elle descendit l'escalier dans un nuage de poussière qui la prit à la gorge.

C'était de là — de cette marche du tournant de l'escalier — qu'elle avait surpris les phrases entrecoupées de l'homme et de la femme qui s'étaient donné rendez-vous au rez-de-chaussée du pavillon.

De là, aussi, qu'elle avait entendu le meurtre qui, dans le bois au même instant, se commettait.

Là, enfin, qu'elle s'était évanouie...

Et cet homme, l'amant de cette femme, elle le connaissait, à présent...

C'était Renaud, celui qu'elle aimait...

Son cœur se serrait, à ce souvenir, et bien qu'elle fût certaine de l'amour de Renaud !

Un flot de jalousie et une grande douleur aussi montaient en elle quand elle se rappelait cette scène.

Elle aurait voulu, maintenant qu'elle connaissait l'amant, connaître la maîtresse...

Elle fit le tour du pavillon : c'était là

Après avoir promis la forte somme à Jérémil, contre la remise totale et définitive des lettres qu'il détenait, Henriette quitta enfin l'affreux débit.

qu'était le cadavre !... c'était là qu'elle avait vu vaciller la lumière d'une lanterne...

Ce souvenir lui revint brusquement.

Oui, un autre témoin qu'elle-même s'était trouvé qui, peut-être, savait la vérité...

Lequel ? Etait-ce l'un des deux amants, revenu après la fuite !

Etait-ce quelque domestique des Bois-Murés ou de Primerose, ou un habitant d'un village riverain de la Seine ?

Dans tous les cas, Liliane, qui connaissait le procès à fond et presque dans ses moindres détails, était bien certaine que ce témoin n'était pas venu déposer devant la cour d'assises...

Il avait donc des raisons pour cela ?

Ce fut au retour de l'une de ces promenades qu'elle trouva un jour Jacqueline qui semblait l'attendre.

Liliane adorait — de l'affection la plus entière et la plus tendre — celle qu'elle considérait comme sa mère et, depuis son arrivée à Paris, elle n'avait pas été sans remarquer la tristesse incurable de la pauvre femme. Souvent elle l'avait surprise les yeux rougis par les larmes. Elle n'avait pas osé l'interroger, d'abord, par respect et par timidité. Enfin elle s'y était enhardie. Mais Jacqueline avait répondu par des phrases évasives, par une tristesse qui s'accentua encore durant les jours suivants et par de nouvelles larmes.

Jacqueline était dévorée par un chagrin mystérieux dont Liliane était la cause, mais Liliane ne pouvait se douter que c'était elle, la charmante fille, qui faisait le malheur de sa mère.

On était au mois d'août et la chaleur était accablante. En apercevant Liliane qui s'en revenait du parc des Bois-Murés, Jacqueline tressaillit, fut un peu plus pâle, mais dissimula son émotion sous un sourire languissant.

Elle l'entraîna dans l'ombre fraîche d'un salon intérieur, et lui dit :

— Si tu n'es pas fatiguée, veux-tu rester auprès de moi ?..

— Je ne suis jamais fatiguée, mère, et je suis toujours heureuse de rester auprès de toi...

— D'où viens-tu ?

Elle connaissait bien la réponse qu'elle allait recevoir, mais cette réponse allait être pour elle l'occasion d'avoir avec Liliane l'entretien qu'elle désirait :

— Du pavillon, mère, tu sais bien ?

— Ainsi, tu songes toujours ?...

— Plus que jamais, certes... Mon bonheur n'en dépend-il pas ?

— Tu t'exagères les obstacles... En quoi ton bonheur dépend-il de la vérité que tu cherches, puisque tu sais, comme nous, comme les juges l'ont proclamé eux-mêmes, que l'homme que tu aimes ne peut être coupable ?...

Liliane regarda sa mère avec surprise.

— Mère... tu oublies donc ?

— Quoi, mon enfant ?

— Tu oublies que l'obstacle à mon mariage ?...

— Eh bien ?

— Ne vient pas de moi, mais de Renaud, de Renaud lui-même... Cet obstacle disparaîtra le jour où la vérité tout entière sera connue ; et voilà pourquoi, cette vérité, il faut que je la découvre à tout prix...

Avec effort, la mère balbutia :

— Et si je te faisais une prière ?

— Toi, maman ?

— Si je te demandais de ne plus t'occuper de cette enquête ?..

— Ah ! maman, maman, pourquoi me causer tant de chagrin ?... Pourquoi veux-tu que je sois malheureuse ?

— Je ne veux pas ton malheur...

— Je mourrai si je dois renoncer à Renaud...

— Je ne veux pas non plus que tu renonces à Renaud.

— Alors, maman, je ne comprends plus...

— C'est parce que je te vois souvent désespérée, parce que je n'ai que peu de confiance dans le résultat de tes démarches que je voudrais que tu ne penses plus à cette affaire d'autrefois... Tu ne réussiras jamais, ma pauvre enfant, à trouver le coupable que tu cherches...

— D'où te vient cette conviction, mère ?

— Comment réussirais-tu là où tant de gens ont échoué qui étaient, bien mieux que toi, en situation de pousser très loin leur enquête ?...

— Qui sait, mère ?...

— Tu as toujours confiance ?...

— Plus que jamais.

— Pourtant, tu le disais toi-même, tu as tout le monde contre toi, jusqu'à celui-là même qui serait le plus intéressé à ton succès, jusqu'à Renaud, qui a eu recours aux mensonges pour entraver tes recherches.

— Il n'a fait que surexciter mon énergie...

— Ton unique rêve, c'est donc toujours ton amour ?

— Oui, mère...

— Et ton unique but, ton mariage ?

— Oui, mère...

— Et après avoir résisté aux prières de Renaud, tu es prête, je le vois, à résister à tout ce que je te demanderai...

— Oh ! maman ! maman...

Les grands yeux sauvages s'emplirent de larmes.

— Je ne t'adresse aucun reproche, mon enfant...

— Mère, je ne mérite pas de reproches, dit-elle en relevant la tête, — car chez elle toutes les tendresses étaient presque aussitôt suivies de mouvements de violence. Si tu désapprouves l'enquête à laquelle je me livre, mon père, de son côté, l'approuve.... Il l'approuve, puisqu'il m'a aidée de ses conseils, et puisqu'il m'a confié un indice que j'ignorais.

— Et si ton mariage avec Renaud devenait possible ?...

— Possible en dépit du mystère de ce passé ?

— Oui...

— Eh bien ! mère, que m'importerait le passé ?

— Tu ne t'en occuperais plus ?

Liliane se mit à rire.

— Jamais, jamais, je te le promets ! Et pourquoi, dès lors, m'en occuperais-je ?

— C'est bien, mon enfant... Ta mère essayera donc de te rendre heureuse en te donnant celui que tu aimes, malgré tout ce qui vous sépare encore...

— Que comptes-tu faire ? dit Liliane à Jacqueline.

— Ceci est mon secret... Pourtant, je peux bien t'avouer que je compte voir Renaud et j'espère avoir, avec lui, un entretien qui sera décisif...

Elle fit un geste de doute.

— D'ici là, fit Jacqueline, puis-je compter que tu n'entreprendras plus rien ?

— Vous aussi, mère, vous avez donc intérêt à ce que je ne sache rien, comme lui, comme Renaud ? dit Liliane.

La pauvre enfant ne pouvait deviner combien elle était cruelle...

Jacqueline sentit son cœur se serrer affreusement.

Elle ne répondit pas, mais son regard eut une expression si désespérée de tristesse navrante que la jeune fille se précipita dans ses bras.

— Pardon, mère, pardon...

— Ainsi tu attendras ?

— Oui.

— Tu ne feras plus rien avant de connaître la résolution de Renaud ?

— Rien, puisque tu le veux.

— Je n'exige rien, mon enfant, je te supplie, seulement... car c'est ton droit de connaître la vérité entière...

Elles se séparèrent, un peu gênées malgré leur réciproque tendresse.

Liliane était nerveuse.

Elle réfléchissait à tous ces obstacles,

assés sur son chemin par ceux-là mêmes qui auraient dû l'aider le plus.

Pourquoi ? Elle ne pouvait pénétrer le fond des choses.

Parfois elle était un peu effrayée, en se voyant ainsi lancée dans une intrigue qui paraissait devoir lui apporter tant de tristesses.

Elle se rappelait la parole de Parabier, à New-York, qui l'avait mise en garde contre la recherche de la vérité... qui l'avait prévenue de tous les malheurs qui pourraient fondre sur elle...

Si elle avait soupçonné sa mère, oh ! certes, elle ne fût pas allée plus loin dans cette terrible voie au bout de laquelle il y avait une catastrophe...

Mais pas le moindre soupçon n'entrait dans son esprit.

Elle se résigna donc à attendre.

Puisque Renaud était innocent, puisqu'il ne pouvait y avoir de doute à cet égard, d'où venait le refus qu'il opposait à ce mariage ? Jadis, il s'en était expliqué avec Liliane... Liliane, maintenant, secouait la tête et réfléchissait :

— Il ne m'a pas tout dit... Il y a autre chose...

Et, à partir de ce jour-là, son regard interrogea Jacqueline pour savoir d'elle si elle avait revu Renaud.

Jacqueline comprenait son impatience.

Elle souriait tristement et répondait :

— Pas encore, mais bientôt, sans doute...

Renaud, après ses différentes entrevues avec Liliane, avec Jodry-Thuret et avec Henriette, était retourné auprès de ses parents, dans les Ardennes.

Là, il essayait d'oublier ces luttes pénibles, auprès des deux vieux qui l'aimaient. Il se mêlait un peu aux travaux des champs, pour occuper une oisiveté qui lui pesait, et surtout pour distraire ses pensées, qui bien vite se reportaient sur Liliane. Et c'était une vie bien calme, et saine, dans sa rude uniformité, autour de lui. La forte affection

de son père et de sa mère le réconfortait, et ils aimaient encore plus leur fils, peut-être, depuis qu'ils avaient vu, en un rapide entretien, la gentille Liliane.

L'enfant avait surtout frappé droit au cœur maternel.

Elle était fière, la vieille Ardennaise, d'avoir un fils si ardemment aimé par cette jolie fille, aimé au point d'avoir fait naître un pareil dévouement. Elle la savait, aussi, riche à millions, c'est-à-dire que Liliane pouvait choisir parmi les partis les plus riches et les plus recherchés, dans le monde entier... Et pas du tout, ce n'était ni un grand industriel, ni un gentilhomme de vieille noblesse, sur lequel l'enfant amoureuse avait arrêté son choix... Elle s'était mise à aimer simplement et ardemment le fils des paysans des Ardennes... et le vieux et la vieille, dans leur affection comme dans leur orgueil — car le fond du caractère ardennais est l'orgueil — en avaient été profondément touchés...

Devant la jolie fille, suppliante et triste, lors de sa visite à la ferme, la mère de Renaud avait eu peine à se retenir de lui tendre les bras.

Elle eut envie de lui crier :

— Oui, Renaud est chez nous, et il vous aime et c'est un brave enfant à qui personne ne peut faire de reproche...

Mais Renaud avait eu le temps de prévenir le père et la mère de l'arrivée de Liliane, de les mettre en garde contre sa séduction.

Et la paysanne avait laissé partir la jeune fille sans lui avoir rien dit...

Comme ils la comprenaient, les deux vieux, la tristesse du fils !... Longtemps, ils n'osèrent y faire d'allusions... Ils le voyaient se fatiguer à leurs rudes travaux dont il n'avait pas l'habitude, car il était parti très jeune du village pour faire ses études au lycée de Charleville et, de là, il était allé à l'Ecole polytechnique... Et quand, le soir, la mère le voyait harassé de corps, seulement, mais toujours l'esprit tendu vers un seul souvenir, elle soupirait !... Et elle finit par lui dire, timidement :

— Moi aussi, je l'aime, cette enfant...

— Oh ! maman, maman... dit-il avec un soubresaut.

— Pourquoi, de gaieté de cœur, te rends-tu malheureux, et la rends-tu malheureuse, quand il n'y a pas de bonnes raisons pour cela ?... Moi, vois-tu, je n'y vais pas par quatre chemins, il faut bien que je te le dise... Tu l'aimes et elle t'aime, alors, après cela, il n'y a plus que le maire et le curé pour arranger les choses...

— Tu sais bien que c'est impossible...

— Non, je ne le sais pas... Tu te crées des impossibilités, voilà ce qui est vrai... moi, je vois les choses plus simplement... Quand cette gentille enfant est venue dans notre maison, si émue, je n'ai pas pu causer avec elle seulement une minute sans l'aimer, oh ! mais sans l'aimer vraiment... Alors, je me sens vieille... et, je t'assure, ça me serait, à moi comme à ton père, un bien grand plaisir que de nous en aller, bientôt peut-être, avec la certitude que tu seras heureux après nous...

— Mère, je vous en supplie, ne parlons plus d'elle...

La vieille baissa la tête.

Et les jours s'écoulèrent ainsi, sans qu'on fît d'autres allusions à Liliane... mais chacun y pensait...

Or, par certaine après-midi, à l'heure où la maman Raigice venait de faire disparaître, comme chaque jour, le léger désordre laissé par le déjeuner dans la salle commune, elle eut la surprise de voir une auto stopper devant la maison.

De cette voiture descendit une femme élégante, encore jeune, dont le visage paraissait crispé par une douloureuse inquiétude.

En la visiteuse inattendue qui lui arrivait, Mᵐᵉ Raigice devina, d'instinct, la mère de Liliane.

C'était bien Jacqueline, en effet, Jacqueline qui, visiblement très émue, demandait timidement, avec la crainte d'entendre une réponse négative :

— Pardon, madame... M. Renaud Raigice est-il ici, et pourrais-je avoir avec lui un moment d'entretien ?

La bonne vieille, elle aussi, ressentait un trouble profond, car elle redoutait que l'entrevue demandée ne devînt pour son Renaud la cause de nouvelles souffrances.

Dans un balbutiement, elle pria Jacqueline de s'asseoir un instant, puis se dirigea vers la chambre où son fils prenait un peu de repos avant de rejoindre aux champs les gens de la ferme.

Mais Renaud, de son côté, avait vu descendre Mᵐᵉ Gervoise de la limousine qui l'avait amenée.

Il restait saisi de la voir là.

Pour que Jacqueline eût pris une pareille résolution, il fallait que sa situation se fût aggravée. Il fallait que la pauvre mère fût en danger, peut-être.

Et Renaud n'hésita pas à la rejoindre.

Il n'avait pas de haine contre elle... il n'avait qu'une profonde, qu'une immense pitié... Ce n'était pas, pour lui, la femme coupable d'un meurtre, c'était la femme qui avait été obligée de tuer pour se défendre... qui, mise dans l'alternative de commettre une infamie ou de laisser une catastrophe irréparable s'abattre sur son mari, n'avait pas voulu se résigner à cette infamie et à cette catastrophe et avait échappé à l'une comme à l'autre par un dénouement de sang et de mort...

Et il se rendait compte des tortures que devait subir cette pauvre femme.

Jacqueline l'attendait, dans le trouble et la fièvre.

Elle se trouva enfin en présence de Renaud.

— Vous avez voulu me voir, madame, et me voici...

Jacqueline resta longtemps silencieuse.

Elle avait peur, maintenant, et tout ce qu'elle avait à dire lui paraissait redoutable...

— Je vous ai demandé cette entrevue, monsieur, dit-elle, pour vous parler surtout de Liliane, mais afin qu'il ne puisse y avoir aucun doute en votre esprit, ni aucune hésitation, je vais vous dire que... au moment du départ de ma fille... à New-York... J'ai appris le secret de votre jeunesse et que le nom que vous portiez... n'était pas votre vrai nom...

Il s'inclina, pâle et triste.

Il attendit qu'elle s'expliquât.

— Je ne vous dirai rien que vous ne sachiez de l'enquête à laquelle se livre ma pauvre enfant... Mieux qu'elle, et mieux que nous tous, sans doute, vous ne devez pas ignorer qu'elle n'aboutira pas là où la justice a échoué et où vous n'avez pas réussi... N'est-il pas vrai, monsieur Raigice ?

Renaud gardait les yeux baissés.

Il avait peur, en les relevant sur Jacqueline, de lui laisser deviner qu'il possédait son terrible secret.

Il pensait, en ce moment, que, mieux que lui-même, Jacqueline devait savoir à quoi s'en tenir sur le résultat de l'enquête.

La pauvre femme reprit :

— Liliane vous aime, et comme elle a compris que si d'une part le seul obstacle à son mariage et à son bonheur venait de vous, en dépit de votre amour, d'autre part vous n'hésitiez à lui donner votre nom que parce que vous considériez l'honneur de ce nom comme entaché par l'accusation d'autrefois... Est-ce bien cela ?

— Vous venez de résumer cette douloureuse situation, madame...

— C'est donc une situation sans issue, puisque vous attendez, pour votre bonheur et le sien, que la vérité vous soit connue, et puisque vous êtes convaincu qu'elle ne le sera jamais...

Il soupira.

— Je résume toujours exactement, n'est-ce pas ?

— Oui.

— Dès lors, pourquoi faire, de gaieté de cœur, votre malheur à tous les deux ?

— Hélas ! j'avais cru — oh ! je ne l'ai pas cru longtemps — que cette torture finirait un jour...

Elle ne saisit pas le sens détourné de cette phrase qui lui échappa.

Jacqueline eut un tremblant sourire.

— Il serait un moyen simple de retrouver la paix et le bonheur...

— Oh ! madame, si vous le connaissiez...

— Livrer le coupable à la justice, afin de susciter un nouveau procès, il n'y faut pas songer.

— Non, puisque... ce coupable... nous est inconnu...

— En ce cas, pouvez-vous condamner Liliane à le rechercher éternellement et croyez-vous qu'il ne vaudrait pas mieux lui dire : « Oublions tous les deux ce passé funeste... laissons ce coupable à ses remords, si le meurtre commis est vraiment un crime... » ?

Il releva les yeux.

— Oui, dit-elle, achevant sa pensée... savons-nous à quels mobiles a obéi... l'homme... qui a frappé Villedieu ?... Si ce n'est pas un criminel vulgaire, il trouvera dans sa conscience un châtiment déjà terrible... En conseillant à Liliane d'oublier, en oubliant vous-même, vous mettez donc fin à la situation pénible où vous vivez depuis si longtemps... Ni chez mon mari ni auprès de moi vous ne trouverez d'obstacle à votre mariage... et Liliane, heureuse, n'aura plus rien à faire qu'à vous rendre heureux... Vous êtes, monsieur Renaud, je le répète, le seul obstacle à votre bonheur... C'est une mère qui vient vous supplier d'avoir pitié de son enfant...

— Madame ! oh ! madame, dit-il ému.

Car elle avait des larmes plein les yeux.

Elle crut qu'il hésitait toujours...

Et il se disait pourtant, en ce moment même, que si cette femme si malheureuse suppliait, ce n'était pas seulement pour Liliane, mais pour elle-même... et que ce secret connu serait pour Jacqueline la vie devenue impossible et la mort à bref délai...

Car elle disparaîtrait...

Pourrait-elle vivre entre Gervoise et Liliane ?

Et n'aurait-elle pas toujours, la poursuivant, le regard terrifié de la jeune fille lui reprochant le sang versé ?

Tout à coup, il pénétra un peu plus profondément dans ces angoisses maternelles, en entendant Jacqueline qui murmurait, presque imprudente et se parlant à elle-même :

— Puis, vous cherchez le meurtrier de Villedieu !... Qui donc vous dit qu'il est vivant encore ?... Et qui vous dit surtout — acheva-t-elle d'une voix qui s'altéra brusquement — qui vous dit qu'il ne voudra pas échapper, par le suicide, à la honte et au désespoir, lorsqu'il se verra près d'être reconnu ?...

Il tressaillit, pris d'horreur.

Oui, elle l'exécuterait, cette menace !...

Et c'était Liliane, si elle poursuivait son enquête, qui causerait bien vraiment la mort de sa mère...

Etait-il possible de laisser pareille chose s'accomplir ?

Et qui pouvait l'empêcher ?

Nul autre que Renaud ! Nul autre au monde !...

Il était vaincu !

Et tant d'autres arguments combattaient aussi pour le vaincre !! Résiste-t-on longtemps à un amour pareil à celui de Liliane, quand on lui répond par un amour non moins grand ?... Le bonheur de Liliane l'attirait... son propre bonheur, à lui, plaidait pour Liliane... Puis, du même coup, n'empêchait-il pas, à jamais, la catastrophe abominable de s'abattre sur Gervoise, sur Jacqueline et

sur Liliane, par la révélation du passé qui devenait impossible ?

Il se vit tout à coup l'artisan suprême de toutes ces joies et de tous ces soulagements...

Avec la perspective terrible du suicide de Jacqueline, résister était une cruauté...

Il eut pitié de la mère...

Il se leva lentement, lui prit la main avec une tendresse respectueuse, et il la porta à ses lèvres...

Le cœur gonflé, elle murmura :

— Je vous ai donc convaincu ?

— Oui.

— Ainsi, vous voulez bien ? Je pourrai dire à Liliane ?...

— Vous direz à Liliane, que j'adore, que je n'ai pas le courage de résister plus longtemps au bonheur dont je suis sûr...

Elle joignit les mains comme pour le remercier. Elle dit faiblement :

— Oh ! mon Dieu, mon Dieu...

Et elle pencha la tête au dossier du vieux fauteuil où il l'avait fait asseoir, et s'évanouit.

... Lorsqu'elle reprit connaissance, elle lui adressa un regard d'ineffable joie. Et il la comprit, cette joie, et il fut ainsi payé, d'un coup, du sacrifice nouveau et définitif qu'il lui faisait de son honneur...

— Ainsi, dit-elle, vous viendrez à Primerose ?

— Certes !

— Bientôt ?

— Demain...

— Venez !... oh ! mon enfant ! mon enfant ! dit-elle.

Elle lui tendit les bras, timide. Et il s'y jeta. Et tous deux, s'étant contraints trop longtemps — pour des causes diverses — pleurèrent.

*
* *

Le lendemain Renaud, bien troublé, et

pourtant léger comme s'il se sentait des ailes, quittait Launois et se rendait au château de Primerose.

Liliane avait été avertie par sa mère.

Et la jeune fille était aussi profondément émue que lui.

Renaud n'avait pas dit à quelle heure, par quel train il arriverait, et depuis les premières heures du jour, après s'être renseignée sur l'indicateur, Liliane guettait, de sa fenêtre, la venue du jeune homme. Et elle dépensait toute son énergie et toute sa fièvre dans cette attente.

La matinée s'écoula. Et Renaud n'était pas venu.

A midi, elle refusa de descendre pour déjeuner.

Jacqueline monta la retrouver, la gronda, mais Liliane éclata en sanglots en se jetant dans les bras de sa mère et en disant :

— Il ne viendra pas, tu verras, il ne viendra pas...

Jacqueline la força de relever la tête. Elle lui désignait, sur la route, un voyageur qui semblait se diriger vers Primerose :

— Regarde... N'est-ce pas lui ?

Liliane se précipita vers la fenêtre, tout à coup consolée, souriante, incertaine encore pourtant.

— Oui, on dirait... Mais non, ce ne peut être lui...

— Et moi, j'ai de meilleurs yeux que toi, dit Jacqueline.

— Tu le reconnais ?

— Oui.

— Tu es sûre ?

— Oui, je suis sûre... Ce sont les larmes, chérie, qui t'empêchent de bien voir...

En effet, au bout de cinq minutes, le voyageur apparut plus nettement au moment où il sonnait à la grille.

Plus de doute. C'était bien Renaud.

Alors, pleurant encore, mais de joie, Liliane couvrit sa mère de baisers.

— Oh ! mère, mère, si tu savais combien je suis heureuse !

Alors, n'y tenant plus, elle s'échappa. Elle dégringola l'escalier. Elle franchit en courant la moitié des pelouses et ne s'arrêta, tout à coup, pour reprendre ses airs de petite sauvage, que lorsqu'elle se trouva en face de Renaud qui s'était arrêté, bien pâle, et le cœur battant bien fort, en la voyant s'approcher.

D'abord Liliane s'était laissé emporter par toute l'ardeur de sa passion. Puis elle avait réfléchi que ce ne serait peut-être pas très convenable de se montrer aussi empressée ; et comme Renaud, par ses hésitations, méritait un châtiment, elle avait soudainement résolu de se montrer sévère... Ne lui avait-il pas dit, dernièrement, qu'il aimait toujours la femme mystérieuse dont il n'avait pas voulu révéler le nom en cour d'assises ? N'avait-il pas été jusqu'à prétendre qu'il était coupable de ce crime dont tout le monde s'accordait à dire et dont c'était l'évidence même qu'il était innocent ?... Et cela ne méritait-il pas une punition ? Et quelle plus grave punition pouvait-elle lui infliger que celle d'un accueil froid, d'un regard sévère, de toute une attitude enfin qui prouverait à Renaud combien profondément elle avait été blessée ?

Ce fut donc avec ce dernier sentiment et cette suprême résolution qu'elle arriva jusqu'au jeune homme.

Mais tout cela fut submergé, d'un coup, sous le premier regard de Renaud et elle lui tendit les mains, en disant :

— Oh ! Renaud ! Renaud ! Vous voici enfin !..

— Liliane, on m'a permis de vous le dire, je vous aime ardemment...

— Et moi, moi, je vous pardonne !

Ce fut tout ce qu'elle put trouver pour le punir !

De loin, Jacqueline devinait les choses. Son cœur se dilatait, après les épouvantes de ces jours derniers,

Était-ce donc fini de souffrir ?

Quelle journée de délices intimes et douces ils passèrent !...

Renaud fut accueilli comme un enfant dans cette famille où il apportait le bonheur.

Gervoise résuma la situation en quelques mots :

— Je crois que ma femme a eu raison de vouloir vous convaincre... A quoi bon laisser Liliane s'acharner à une enquête impossible ?... Et que nous rapporterait cette enquête ?... Oublions ce passé néfaste... Soyons tout à l'avenir qui s'offre à nous si riant et si heureux...

Ils convinrent que le mariage se ferait deux mois après, ensuite ils retourneraient à New-York où Gervoise trouverait auprès de lui, ainsi qu'il l'avait promis, un emploi à l'activité et à l'intelligence de Renaud Raigice.

Et lorsque Liliane vit que tout était ainsi conclu, elle s'écria, joyeusement :

— Et maintenant, il me reste un devoir à accomplir !

Comme chacun la regardait, surpris, elle se hâta d'ajouter :

— Oui, ne faut-il pas que je prévienne M. Jodry-Thuret que je renonce à m'occuper plus longtemps de cette triste histoire ? Et en le faisant, est-ce que je ne vais pas au-devant du désir exprimé par ma mère, par mon fiancé lui-même ?... J'irai donc dès demain trouver M. Jodry-Thuret... Justement, j'ai appris, ce matin, qu'il venait de s'installer aux Bois-Murés... Mon absence ne sera pas longue... et si vous le voulez, Renaud, nous irons ensemble lui rendre visite... Qu'avez-vous donc, mon ami ?

En effet, en l'écoutant, Renaud donnait des signes d'une profonde émotion.

C'est que les paroles de Liliane venaient de lui rappeler, tout à coup, un souvenir oublié, une menace à laquelle il n'avait pas prêté grande attention lorsqu'il l'avait entendue.

Lorsque Renaud avait avoué à Henriette son amour pour la fille de Jacqueline, la jeune femme n'avait pas pu dissimuler son désappointement d'abord, sa haine ensuite.

Elle avait paru, même, à un certain moment éprouver une joie étrange, comme si une espérance lui faisait présager une vengeance possible, et elle avait dit à Renaud :

— Jamais vous ne serez le mari de Liliane... Jamais ce mariage ne se fera !...

Pour qu'Henriette se fût laissée aller à de pareilles menaces, il fallait qu'elle possédât des armes !...

Et des armes terribles, peut-être.

Lesquelles ?

A la question inquiète de Liliane lui demandant le sujet de son émotion, il répondit en la rassurant.

Mais il se promit de veiller de près sur la jeune fille et d'empêcher coûte que coûte toutes les entreprises qu'Henriette pourrait tenter contre elle.

Liliane était bien renseignée, lorsqu'elle disait que Jodry-Thuret se trouvait aux Bois-Murés.

Il y était arrivé avec Henriette.

Toutefois, le jeune homme estima qu'il valait mieux que l'entrevue dont parlait la jeune fille eût lieu entre elle et Jodry sans témoins. Il le lui dit.

— Soit, fit Liliane, j'irai donc seule...

— Cependant, ajoutait Renaud, veuillez me promettre que vous me mettrez au courant, à votre retour, de tout ce qui se sera passé entre Jodry et vous.

— Je vous le promets bien volontiers... N'est-ce pas tout naturel et n'êtes-vous pas, mon ami, le premier intéressé à ces choses ?...

Puis ils ne parlèrent plus de cette entrevue.

Peu à peu, tous ces souvenirs du passé s'envolèrent, s'effacèrent de leur cœur, comme si ce passé lui-même n'avait jamais existé.

Ils ne s'occupèrent plus que de l'avenir.

Ils ne parlèrent plus que de leur amour.

Jacqueline et Gervoise les regardaient, de loin, se promener lentement dans les allées du jardin, s'arrêter, se sourire, infiniment heureux, et devant ce spectacle Jacqueline se demandait si vraiment c'en était fini de toutes ses angoisses et si l'union de ces beaux enfants était la consécration définitive de son bonheur, à elle.

Ils revinrent vers le château.

Alors, ils s'aperçurent que Gervoise et Jacqueline, dont les yeux étaient mouillés, les avaient regardés pour prendre leur part de cette joie, si visible en eux...

Et sous leurs yeux, chastement, les paupières baissées, leurs mains s'étreignant doucement, la jeune fille tendit son front à celui qu'elle avait tant aimé.

Jodry-Thuret avait attendu le rapport de l'agence Martin, avant de quitter Paris et de venir s'installer aux Bois-Murés.

Encore malade et le premier jour où il avait pu sortir de son lit, ce rapport lui était parvenu, précédé d'une note de l'agence qui expliquait sa forme plus vivante et qui disait :

« Notre employé, après plusieurs jours « où il resta caché dans le cabinet obs-« cur du débit de vins qui fait le coin de « la rue de la Huchette et de la rue « Saint-Séverin, a réussi, finalement, à « surprendre l'entretien qui a eu lieu, « lundi soir, à cinq heures, entre Mme H. « J.-T. et un paysan du nom de Jérémit. « Notre employé, dont la mémoire est « certaine et remarquable, et qui, du « reste, a pu prendre, de sa cachette, des « notes sténographiques, a dressé comme « suit le compte rendu de l'entretien. »

L'entretien suivait, recopié sur des feuilles volantes, à la machine à écrire. Nous lui conservons la forme dialoguée, donnée par l'agent :

JÉRÉMIT. — Ah ! vous voici enfin, madame... Sans reproches, on a rudement de la difficulté à vous rencontrer...

MADAME. — Vous savez ce que je vous ai dit. Il m'est impossible de vous recevoir chez moi. Mon mari pourrait surprendre quelques mots qui éveilleraient son attention. Il pourrait essayer de savoir qui vous êtes et pourquoi vous me voyez en secret, et ce que nous avons à faire ensemble... C'est trop de dangers... Du reste, que voulez-vous, en somme, et quelle nouvelle exigence m'imposez-vous ?

JÉRÉMIT. — Allons, allons, ne nous fâchons pas... traitons nos affaires en douceur... vous n'êtes point méchante... moi et ma femme, nous sommes de braves gens... nous finirons bien par nous entendre...

MADAME. — Je n'ai que quelques minutes à vous consacrer... et vous choisissez de singuliers endroits pour me donner rendez-vous.

JÉRÉMIT. — Excusez, je ne connais personne chez le Président de la République... autrement...

MADAME. — Expliquez-vous.

JÉRÉMIT. — Asseyez-vous, d'abord...

MADAME. — Merci.

JÉRÉMIT. — Vous ne désirez pas que je fasse servir un demi-setier, un mêlé ou une canette ?

MADAME. — Non. Venez au fait et hâtez-vous...

JÉRÉMIT. — J'y viens... Depuis que nous avons l'honneur de vous connaître, nous avons traité ensemble quelques petites affaires, et, j'ose le dire, à notre grande satisfaction mutuelle.

MADAME. — Parlez pour vous... car j'estime que votre femme et vous, vous êtes deux misérables qui abusez contre moi d'un secret que vous avez surpris.

JÉRÉMIT. — Ce sera comme vous le désirez. Je n'ai pas d'amour-propre et ma femme est sans rancune... Les petites affaires que nous avons traitées ensemble peuvent se résumer de la façon suivante : une première fois, vous m'avez remis cinq cents francs... c'est-à-dire une aumône.

MADAME. — Vous ne m'aviez pas demandé davantage...

JÉRÉMIT. — Une seconde fois et une troisième, cinq mille chaque fois...

MADAME. — Contre lesquels vous vous étiez engagé à me rendre mes lettres...

JÉRÉMIT. — Oui... et nous vous en avons rendu quelques-unes seulement, parce que nous nous sommes aperçus que c'était un marché de dupes... Nos affaires ne se sont point arrêtées là... Le commerce est la richesse des nations... et, moi, faut vous dire, bien que je sois jardinier aux Bois-Murés de mon ancien état, je suis sûr que dans le commerce j'aurais fait une grande fortune... Vous nous avez encore remis dix mille francs en cinq ou six versements, ce qui fait que l'eau, arrivant comme ça par petites goulées, ne rafraîchit pas du tout les gens qui ont soif. Et puis une autre fois, la dernière, encore cinq mille francs contre lesquels nous avons continué de vous rendre les fameuses lettres qui ont l'air de vous tenir si fort au cœur...

MADAME. — Vous ne me les restituez que par bribes infimes...

JÉRÉMIT. — Il y a commencement à tout... Ces temps derniers, nous avons réfléchi, avec ma femme, que, dans votre intérêt comme dans le nôtre, mieux valait que nous en terminions d'un coup... Alors, on s'est dit qu'on entrerait en arrangement facile avec vous...

MADAME. — Je prévois de nouvelles exigences...

JÉRÉMIT. — Vous voulez dire une nouvelle affaire.

MADAME. — Il me sera impossible d'y répondre.

JÉRÉMIT. — C'est ce que vous dites toujours au début, et puis, vous finissez tout de même par casquer !

MADAME. — Vos demandes ont créé pour moi une situation difficile, très délicate.

JÉRÉMIT. — Je suis renseigné : votre mari a plus de deux cent mille livres de rente, et ce n'est pas les pauvres quatre sous que vous lui demandez pour moi qui peuvent le mettre sur la paille.

MADAME. — Prenez garde !

JÉRÉMIT. — A quoi, s'il vous plaît !

MADAME. — En me poussant à bout, je finirai par tout révéler à mon mari...

JÉRÉMIT. — Oh ! je suis bien tranquille et vous êtes trop rouée pour cela !

MADAME. — Enfin, résumez, je vous prie : vous me haïssez, je vous hais et votre présence m'est odieuse.

JÉRÉMIT. — Moi, vous haïr !... Oh ! comme vous me connaissez peu ! C'est-à-dire que, si je vous voyais courir un danger, je me jetterais devant, pour vous sauver, et que si vous étiez malade, d'une maladie contagieuse, vous n'auriez qu'à faire appel soit à moi, l'ancien jardinier de votre père, soit à Marie, ma femme et ma cousine germaine, votre ancienne femme de chambre, et on accourrait tout de suite, et bien vite, pour vous soigner et pour vous dorloter...

MADAME. — Je vous ai dit de préciser. Pourquoi m'avez-vous fait venir ?

JÉRÉMIT. — Je vous l'ai expliqué... nous voudrions en terminer d'un coup.

MADAME. — Ce qui signifie ?...

JÉRÉMIT. — Ce qui signifie que contre la remise totale, complète, de toute votre correspondance, nous vous demanderons de nous prouver votre gratitude en nous faisant un petit cadeau...

MADAME. — Précisez...

JÉRÉMIT. — Eh bien ! nous avons calculé, ma bonne petite femme et moi, que pour vivre tranquillement, au village, jusqu'à la fin de nos jours, il nous faudrait... à cause des intérêts qui diminuent tous les ans et qui ne sont presque plus rien, il nous faudrait quelque chose comme une centaine de mille francs, tout net !...

Madame. — Vous êtes fou, Jérémit !

Jérémit. — Mais non, madame, je vous assure. Jamais je n'ai mieux réfléchi. Calculez avec moi, et vous verrez que je ne peux pas vous demander moins, et ce matin Marie, ma femme, me le disait encore : « A trois pour cent, ou à trois francs cinquante, ça nous donnerait trois mille ou trois mille cinq cents francs de rente annuelle, c'est pas le Pérou... » Non, c'est pas le Pérou, mais nous sommes habitués à la pauvreté, nous avons des goûts simples, nous ne voulons pas nous montrer trop exigeants, et j'espère, madame, que vous nous en saurez gré... Donc, si, des fois, à ces cent mille francs, vous pouviez ajouter un petit quelque chose, on vous en remercierait du plus profond du cœur et les larmes aux yeux...

Madame. — Je répète que vous êtes fou, que je n'ai pas et que je ne pourrai jamais avoir pareille somme en ma possession.

Jérémit. — Oh ! vous vous arrangerez pour !...

Madame. — C'est votre dernier mot ?

Jérémit. — Oui. J'en démordrai pas. Je ne diminuerai pas un centime.

Madame. — Eh bien ! adieu.

Jérémit. — Vous fâchez pas, voyons... Vous savez bien que ça vous coûterait plus cher si on allait offrir ces lettres à votre mari...

Madame. — Ce jour-là, vous auriez tué votre poule aux œufs d'or...

Jérémit. — Que non !... le vieux donnerait la forte somme...

Madame. — Non pas... car je vous devancerais... Avant vous j'aurais révélé à mon mari ma faute d'autrefois... et j'aurais, du moins, pour me faire pardonner, le bénéfice de l'aveu que je lui aurais fait et qui paraîtrait spontané...

Jérémit. — Eh ! eh ! vous êtes plus forte que je ne pensais...

Madame. — Et pour prévenir vos nouvelles demandes, et sortir d'une situation qui devient, par votre faute, trop dangereuse pour moi, dès aujourd'hui, Jérémit, mon mari connaîtra mon passé...

Jérémit. — Oui-dà ? Laissez-moi rire... Vous comptez sur son pardon ?

Madame. — J'en suis sûre.

Jérémit. — Peut-être bien, si vous lui racontez seulement vos amours avec Renaud Raigica... mais il se montrera plus dur à la détente si vous lui avouez que, par lâcheté, vous avez laissé assassiner votre père... et que, par lâcheté encore, vous avez failli laisser condamner votre amant en cour d'assises... Vous lui donneriez là des preuves d'un bien vilain caractère, voyez-vous...

Madame. — Misérable !

Jérémit. — Plaît-il ? Si vous ne donniez pas votre nom aux autres, hein ?

Madame. — Ecoutez, Jérémit, rendez-vous compte... C'est une somme énorme... Vraiment, je ne peux pas... je ne pourrai jamais... Je vous supplie, Jérémit... Vous n'êtes pas un méchant homme...

Jérémit. — Moi ? Une crème ! une vraie crème...

Madame. — Pourquoi vous montrez-vous si cruel, si impitoyable ?

Jérémit. — La vie est dure... et avec trois mille de rente, c'est à peine, en vivant chichement, si on pourra joindre les deux bouts.

Madame. — Mais ces trois mille francs qu'il vous faut, je puis, aisément, vous les donner chaque année... et même quatre mille... Alors ?...

Jérémit. — Ce n'est pas la même chose... On ne sait ni qui vit ni qui meurt... Supposez que vous veniez à disparaître... alors, nous autres, nous nous retrouverions le bec dans l'eau ?...

« Nous avons réfléchi à tout cela, ma femme et moi, et le résultat de ces réflexions, c'est qu'il faut que vous aboutliez, une fois pour toutes, cent mille, dans votre intérêt comme dans le nôtre...

Madame. — Alors, faites ce que vous

voudrez... car, moi, je ne pourrai jamais vous donner une pareille somme... Mais, en vous montrant si exigeant, vous autorisez tous les moyens qui pourront être employés contre vous...

JÉRÉMIT. — Des menaces ?

MADAME. — Peut-être bien. Je n'ai plus de mesure à garder...

JÉRÉMIT. — Laissez-moi rire.

« Je sais à quoi vous faites allusion, allez !... C'est aux lettres, pas vrai ? Ce n'est pas la première fois que vous vous dites : « Au lieu de payer si cher pour les ravoir, pourquoi ne point les lui voler ? Ce serait meilleur marché ! » Pas vrai ?

« Voilà votre raisonnement... Et vous avez essayé une fois de nous les filouter ! Vous vous êtes introduite chez nous, un jour, pendant qu'il n'y avait personne, et vous avez tout bouleversé, inutilement, du reste, et ce jour-là je me suis montré bon garçon, car, si j'avais voulu, j'aurais été chercher le garde champêtre et je vous aurais fait arrêter en flagrant délit de cambriolage.

« Voilà ? Et vous songez, probable, à recommencer le coup ?... Je vous le permets...

« Les lettres sont bien cachées et personne ne les trouvera...

« Je pourrais vous dire : « Je les ai confiées à quelqu'un, elles ne sont plus chez moi » ; je ne veux pas mentir, et j'aime mieux vous apprendre, pour vous faire enrager, qu'elles sont toujours à la maison... Là-dessus, comme je vois qu'il sera difficile de vous faire changer d'avis, il est inutile de perdre notre temps à discuter davantage... Je résume... Il nous faut cent mille francs !... Après cela nous serons tranquilles, et vous serez tranquille aussi... Je me rends compte que cent mille francs, ça ne se trouve pas dans le pas d'un cheval, et je vous laisse deux mois pour les trouver... Si, dans deux mois, vous ne me donnez pas satisfaction...

MADAME. — Que ferez-vous ?

JÉRÉMIT. — J'aurai un entretien avec votre mari... Je suis sûr qu'il les aboulerait vite, lui, les cent mille, s'il savait de quoi il retourne... Et il le saura, faudra bien, il le saura si vous ne vous exécutez pas...

MADAME. — Deux mois ! Deux mois seulement !

JÉRÉMIT. — Oui... Oh ! vous les trouverez. Je ne suis pas inquiet... C'est dit ?

MADAME. — Oui, je tâcherai... mais c'est impossible... c'est impossible...

JÉRÉMIT. — Allons, vous ne refusez déjà plus... Nous serons vite d'accord... Patience.

MADAME. — Du moins, cette fois, j'aurai les lettres ?...

JÉRÉMIT. — D'honneur ! Je vous les restituerai toutes, jusqu'à la dernière...

MADAME. — Adieu !

JÉRÉMIT. — Vous n'avez pas de plus dévoué serviteur que moi...

Le rapport de l'agent se terminait ainsi :

« Devons-nous continuer notre filature ? »

Jodry-Thuret donna ses ordres. Il était suffisamment renseigné pour le moment. Tout ce qu'il voulait savoir, il venait de l'apprendre.

V

LE MARIAGE DES DEUX JÉRÉMIT

C'étaient les lettres autrefois écrites à Renaud Raigice par Henriette.

Quand elle accepta de porter le nom de Jodry-Thuret, elle résolut de rompre avec Renaud et, prévoyante, ne voulant laisser aucun danger derrière elle, la jeune fille réclama ses propres lettres, en même temps qu'elle restituait à Renaud celles qu'il lui avait écrites.

Ce fut le soir, au pavillon des Bois-

Murés, à l'heure tragique où, près de là, presque sous leurs yeux, Villedieu allait être assassiné.

Mais dans l'horreur de ce qui se passait, Henriette avait pris la fuite et avait abandonné Renaud sans avoir repris les lettres.

Et Renaud n'y avait plus pensé, dans sa hâte de courir au secours de l'homme qui appelait à son aide et dont on entendait le râle.

Après, Henriette avait demandé un rendez-vous à son amant et, dans ce rendez-vous, après les explications fournies par Renaud, la jeune fille avait acquis la certitude que les lettres avaient été laissées dans le kiosque. Elle y avait couru.

Elle n'y avait rien trouvé !

Et de ce jour-là commencèrent, pour elle, des angoisses sans nombre.

Ces lettres, on s'en doute, n'avaient pas été perdues pour tout le monde.

C'était Marie Jérémit qui, sans se rendre compte de ce qui s'était passé, ni du mystère de ce meurtre, était entrée dans le pavillon et avait fait main basse sur ce qu'elle avait rencontré.

La lecture de la correspondance lui apprit ce qu'elle ignorait et reconstitua aisément pour elle les différentes phases du crime, de même que le rôle mystérieux qu'Henriette y avait joué avec son amant.

Elle n'eut garde de se vanter de sa découverte.

C'était une fine mouche que Marie Jérémit.

En outre, elle considéra tout de suite la possession de ces lettres comme une aubaine inespérée et qui comblait tous ses vœux.

On va voir quelle combinaison machiavélique avait pris naissance dans ce cerveau de femme astucieuse et patiente.

Au château des Bois-Murés, il y avait un jeune jardinier, appelé comme elle Jérémit et qui était, du reste, son cousin germain.

Marie en était amoureuse.

C'était une jolie fille accorte et fort plaisante, autour de laquelle, depuis longtemps, plus d'un paysan avait rôdé et qui avait dédaigné les hommages de plus d'un ouvrier de la fabrique Villedieu.

Elle voulait Jérémit. Elle avait jeté son dévolu sur lui et elle ne pensait à aucun autre.

Or, Jérémit se faisait tirer l'oreille.

Marie n'avait pas un sou de dot et Jérémit était un homme pratique. Il aurait, certes, fort bien pu profiter de cette situation privilégiée pour faire de Marie sa maîtresse. Elle était si amoureuse qu'elle ne s'y fût pas refusée, mais le paysan ne voulait pas engager sa vie par une imprudence et il se contenta de dire à sa cousine, pour répondre à ses demandes directes :

— Sûrement qu'on ferait un bon ménage ensemble... Délurée et gentille comme tu l'es, on aurait vite des envieux dans le pays... Mais les enfants viendront... les kilos de viande, et le café, et le sucre, etc., ne courent pas les chemins... On peut être malades tous les deux, et les médecins et les remèdes coûtent les yeux de la tête... Pour danser devant le buffet quand je serai en ménage, j'aime mieux rester garçon...

— Alors, c'est une dot qu'il te faut ?...

— Dame ! quelques billets de mille de plus, ce n'est pas cela qui te rendrait moins jolie, hé donc ?

— Mais je n'ai pas de dot, et je ne me connais point d'espérances...

— Tant pis ! Tant pis !...

Elle était revenue plus d'une fois à l'assaut sans plus de succès.

La veille du meurtre de Villedieu, elle lui avait dit :

— Voyons, tu as une bonne place au château, moi, j'ai une bonne place auprès de Mademoiselle, on pourrait bien tout de même se mettre ensemble... On ne serait pas malheureux...

Il avait sifflé un air de chasse.

Elle insista. Il siffla plus fort...

Elle ne se laissait pas rebuter. Elle l'adorait d'une passion bête et exclusive. Il n'était ni beau ni laid. Il avait des défauts, il était quelque peu ivrogne, assez souvent joueur, et pas mal débauché. On disait même en parlant de lui, parmi ceux qui le connaissaient bien :

— Tant pis pour celle qui deviendra sa femme ! Elle sera battue !

Elle savait tout cela et elle l'aimait — peut-être bien seulement parce qu'il lui avait dit, avec brutalité, qu'il la voulait avec de l'argent.

Quelques jours après le meurtre de Villedieu, elle vint lui murmurer à l'oreille :

— J'aurai la dot !

Il sursauta, s'appuya sur sa bêche, écarquillant les yeux. Mais il eut beau l'interroger. Elle ne voulut pas s'expliquer davantage.

Le lendemain de la cour d'assises, elle lui dit encore :

— Combien qu'il te faudrait d'argent ?

— Mais, dit-il, une pièce de cinq mille pour se mettre dans ses meubles et avoir devant soi quelques sous qui ne devront rien à personne.

Elle haussa les épaules avec dédain :

— Tu n'es pas bien exigeant...

— Ce qui veut dire ?

— Ce qui veut dire que tu auras tes cinq mille...

Il refusait de la croire. Quelques semaines s'écoulèrent encore. Le lendemain du mariage de Jodry-Thuret avec Henriette, Marie vint trouver le jardinier :

— Quand nous marions-nous ?

— Mais quand tu m'auras donné les cinq mille...

— Les voici !

Elle étala cinq billets. Il voulut les toucher, les regarder de près, incrédule toujours. Mais il fallut se rendre à l'évidence ! Ils n'étaient pas faux.

Alors, il se gratta l'oreille.

— Tu les as gagnés honnêtement, au moins !

— Mais oui, imbécile !

— Alors, si tu les as gagnés honnêtement, comme, d'autre part, tu parais les avoir gagnés facilement, il me semble que tu pourrais bien...

— Que je pourrais bien quoi ?

— Gagner deux billets de plus !...

— C'est ce qu'il te faudrait ?

— Ah ! dame, si tu fais ça...

— Eh bien !

— Je t'épouse tout de suite !

— J'ai ta parole ?

— Tu l'as !

Huit jours après, elle étalait sept billets de mille francs.

Ébahi, il en perdit le souffle ; puis, reprenant son sang-froid :

— T'as donc un trésor caché ?

— Mettons que j'en ai un... Maintenant, tu vas tenir ta parole, je suppose ?

Il se gratta l'oreille, derechef, indécis.

— Mais si t'as un trésor caché, je voudrais bien le savoir.

— Puisque je te le dis...

— Mais je voudrais en être sûr.

— Je te le montrerai après notre mariage, en revenant de l'église.

— Mais j'aimerais mieux tout de suite...

— Non, mon garçon... Tu finirais par t'en emparer et je resterais sans rien...

— T'as pas confiance en moi, ma petite Marie ?

— Non... Après le mariage, tu sauras le fin mot de mon trésor.

— Tout de même pour que je sois sûr, avant, il y aurait bien un moyen...

— Lequel ? Tu finiras par me fatiguer, vois-tu, et moi j'irai porter mon trésor autre part.

— Non pas, non pas, faut pas faire ça, ma petite Marie... Seulement, pour être tout à fait sûr, et qu'il n'y ait plus d'hésitation, et pour que ça soit chouette, si vraiment t'as découvert comme ça un trésor qui ne s'use pas, tu pourrais bien arrondir la somme, pour ta dot...

— Je ne comprends pas, tu sais ?

— Sept mille francs, ça ne fait pas un compte rond...

— Ah ! vaurien, dit-elle furieuse et riante à la fois, je te vois venir.

— Tandis que dix mille, c'est ça qui fait un compte...

— Si tu vas de ce train-là jusqu'à cent mille, mon bonhomme, nous ne sommes pas près de nous marier...

— Je te jure, ça sera le dernier coup.

— Bien vrai ?

— Sur ma part de paradis !

— Alors, attends quelques jours... et je t'apporterai le magot.

Quelques jours se passèrent... bah !

Jérémit plaisantait, chaque fois qu'il la rencontrait.

— Eh bien ! cette fois-ci, il paraît que c'est plus dur ?

— Oui, ça se fait tirer, mais ça viendra tout de même...

Et, en effet, elle lui montra un jour les dix billets demandés.

Jérémit lui tapa un grand coup sur l'épaule.

— Tu es une rude fille tout de même... Il n'y en a pas une qui te vaille à cent lieues à la ronde...

— Alors, épouse-moi.

— Je crois bien, que je t'épouse !

— Bientôt ?

— Quand tu voudras !

Trois semaines après ils étaient mariés ! Et tous deux avaient quitté le service du château, lui comme jardinier, elle comme femme de chambre. Ils avaient acheté une petite maison et un peu de bien à Seine-Port et ils étaient leurs maîtres. Après le mariage, Jérémit n'eut de cesse et de repos qu'il ne connût le trésor auquel sa femme puisait si généreusement et si facilement.

— Tu peux me dire la vérité, maintenant.

— Tu as le droit de connaître notre fortune... parce que, je peux te l'avouer à présent, les dix mille de dot, ce n'est rien... il y en aura d'autres...

Ebahi, il attendit qu'elle s'expliquât.

Alors, elle le mit au courant, avec force détails, des amours de Renaud et d'Henriette, et du meurtre de Villedieu avec les circonstances qui avaient accompagné ce meurtre. Après quoi elle alla chercher un paquet de lettres bien cachées au milieu du trousseau de linge qu'elle avait apporté dans le ménage.

Il ne voulut même pas les lire. Marie en avait pris connaissance et cela lui suffisait.

— Alors, voilà ce que j'ai fait, acheva la jeune femme... A la première demande, quand j'ai vu que tu ne m'épouserais pas sans argent, je suis allée trouver la belle Henriette et je lui ai raconté mon malheur, en lui demandant, gentiment, si elle ne consentirait pas à me faire un petit cadeau. Elle venait justement de se marier... Elle était devenue riche... Elle aurait pu m'être agréable... Et pas du tout... « Un cadeau de quoi ? qu'elle me dit... Veux-tu une de mes robes ? — Non, c'est un cadeau d'argent qu'il me faudrait pour me mettre en ménage... et si Madame était assez bonne pour me donner cinq mille francs... j'en serais bien heureuse ? »

— Et, naturellement, elle t'a ri au nez ?...

— Comme de juste. Et moi je me suis mise à rire aussi, comme si je me gaussais de ma propre bêtise... Après quoi, je lui ai dit gentiment : « Du reste, je sais très bien que Madame ne me refusera pas... Je voulais seulement faire savoir à Madame que j'ai besoin de ces cinq mille francs le plus tôt possible et que je n'avais pas l'intention de les attendre plus de deux jours ! »

— Elle se mit à rire plus fort ?

— Comme de juste... Ce que voyant, j'ai tiré de ma poche une lettre de Renaud Raigice, une seule — il ne fallait pas manger mon blé en herbe — et sans même la prévenir de ce que c'était, et pendant qu'elle riait encore, je me suis mise à lire.

— Alors ?

— Alors elle s'est redressée comme si elle avait été mordue par un serpent... Elle était d'un pâle, d'un pâle ! On aurait dit qu'elle allait s'évanouir... Elle a murmuré : « Quelle lettre ? Comment se fait-il qu'elle soit entre tes mains ? » J'ai rien répondu. J'ai replié le papier tranquillement. Je l'ai refourré dans mon corsage et j'ai demandé naïvement : « Croyez-vous que ça vaut cinq mille francs, oui ou non ? » Elle les prit dans un tiroir et me les donna, d'une main, pendant que, de l'autre main, elle prenait la lettre. La confiance entre nous n'était pas bien grande, comme tu vois... mais elle était si loin de deviner la vérité entière, qu'elle ne me questionna même pas sur les autres lettres... Elle s'imagina sans doute que je ne possédais que celle-là, et moi je n'avais aucune raison pour la détromper... De telle sorte que... ah ! ah !

— Qu'est-ce qui te fait rire ?

— Le souvenir de sa tête, quand je lui ai fait ma deuxième demande de deux mille francs... et sa tête encore quand je lui ai fait ma troisième demande de trois mille francs... Pour l'aguicher et la faire venir plus aisément, à chaque fois, au lieu d'une lettre je lui en montrais deux, et je les lâchais contre l'argent...

— C'était trop de générosité, dit Jérémit sévèrement... Une seule lettre eût suffi... Je mettrai ordre à tout cela...

— Tu es libre. Tu es le maître maintenant, dit Marie... Voilà donc ce qui reste des lettres... Avec la fortune de la belle Henriette, nous avons de quoi être tranquilles jusqu'à la fin de nos jours...

— Seulement, faut cacher le trésor... Si on l'enterrait, dans une boîte ?

— Non... ça pourrait se trouver...

— Dans la paille du lit ?

— C'est tout de suite là qu'on irait le chercher...

— Si je le gardais sur moi, toujours, toujours ? Ou bien toi ?

— Dangereux... Un mauvais coup est vite donné, et il ne faut pas longtemps pour dévaliser un homme ou une femme !

— Confions-le dans une lettre à un notaire...

— J'aurais pas confiance...

— Alors quoi ? Si l'on descellait un carreau de la chambre à coucher ?

— C'est encore un moyen connu...

« Laisse-moi inventer autre chose...

— Tu es futée... tu trouveras...

Le lendemain elle lui dit :

— J'ai trouvé...

Elle lui murmura quelques mots à l'oreille, comme si elle avait craint que les murs eux-mêmes n'entendissent son secret.

Il l'enleva, ravi, à bout de bras, et l'embrassa sur les deux joues.

— Il n'y a que toi pour avoir une pareille idée... Maintenant, nous pouvons dormir tranquillement... Il ne viendra jamais à personne l'idée d'aller chercher les lettres où tu les as mises...

Et ce fut ainsi que s'écoulèrent quelques années.

Jérémit avait fini par ne plus travailler et Marie non plus ne faisait plus œuvre de ses dix doigts.

A ce compte, et comme il fallait vivre, ils eurent besoin souvent de recourir à la générosité obligée d'Henriette.

Ils n'avaient pas voulu lâcher le paquet de la correspondance amoureuse tout en bloc.

Ils en détachaient de temps en temps quelques menus morceaux et c'étaient ces morceaux qu'ils vendaient à la femme dont ils avaient fait une sorte d'esclave misérable de leurs exigences.

Cependant, à force d'en distraire des morceaux, les lettres diminuaient. Ils en-

Joyeuse, Liliane s'habillait pour la fête qui célébrerait son bonheur.

L'avocat et sa femme assistèrent à la fête qui fut donnée à Primerose.

Mais, comme il l'avait promis, Jodry veillait sur le bonheur de Liliane.

— Vous croyez donc que je n'irai pas jusqu'au bout de ma vengeance?

La Fille Sauvage. — 4-XVIII.

Les genoux de la misérable fléchissaient ; cette fois Henriette se voyait perdue, à la merci du vieillard.

visageaient le moment où ils lâcheraient la dernière.

Et les lendemains seraient noirs, car la paresse avait accumulé en eux des vices et la vie facile et honteuse avait détruit toute habitude du travail.

Alors, ils comprirent qu'ils avaient été imprudents en leurs calculs et qu'au lieu d'éparpiller leurs demandes et de se démunir ainsi petit à petit de leur trésor, ils auraient dû l'offrir d'un seul coup contre une somme plus forte dont les revenus les mettraient durant le reste de leur vie à l'abri du besoin.

Et voilà pourquoi Jérémit avait fait auprès de la belle Henriette sa dernière tentative.

VI

HENRIETTE REPREND LE DESSUS

Ce fut après le rapport de l'agence que Jodry-Thuret, qui pouvait se lever maintenant et déjà sortir, alla s'installer aux Bois-Murés.

Il n'était pas venu là seulement avec l'intention de réparer par ce séjour à la campagne sa santé profondément atteinte par cette catastrophe qui avait miné sa vie en brisant son cœur ; il y venait pour se rapprocher du ménage Jérémit.

Des Bois-Murés, il le surveillerait plus aisément et il s'était posé comme problème à résoudre, dès le premier jour, la possession des lettres d'Henriette à Renaud Raigice.

Henriette n'avait aucun soupçon sur le drame qui se déroulait près d'elle.

Liliane, toute transportée de bonheur, ne voulut pas attendre davantage avant d'aller annoncer à Jodry-Thuret la résolution enfin prise par Renaud.

Elle trouva le vieillard qui se promenait dans le jardin, lentement, s'appuyant sur sa canne, et qui s'arrêtait toutes les fois qu'il trouvait un banc ou une chaise.

Il était bien changé, depuis que la jeune fille l'avait vu et, dans une douloureuse surprise, elle eut peine à le reconnaître.

— Eh bien ! mon enfant, où en êtes-vous de votre enquête et avez-vous réussi à quelque chose ?

— Oh ! que m'importe maintenant de savoir la vérité !...

— Quel est donc l'événement qui a ainsi changé vos intentions ?

— Mon mariage !

— Vous vous mariez ?

— Oui...

Il la regarda comme s'il n'eût osé lui adresser une dernière question.

— Oui, je me marie, avec Renaud... J'ai réussi... je triomphe... Alors, qu'est-ce que cela me fait, à moi, tout ce qui s'est passé autrefois ? Toutes les découvertes futures n'auraient pas changé ma conviction qui est que Renaud est innocent... Je n'ai donc plus besoin de rien savoir... Et voilà pourquoi je suis venue vous trouver sans délai... D'abord pour vous apprendre cette bonne nouvelle qui vous fera plaisir, puisque vous vous intéressez à moi...

— Assurément, dit-il, l'esprit ailleurs.

— Ensuite, parce que désormais, et puisque j'ai obtenu gain de cause, notre enquête est devenue inutile... et je viens vous prier de ne plus vous en occuper...

— Il sera fait selon votre volonté, mon enfant...

Et après un silence, Jodry-Thuret ajouta :

— Vous avez eu sans doute avec Renaud une explication concluante ?

— Mon Dieu, non, et je ne sais trop, en somme, quelles sont les raisons que lui a données ma mère pour le faire changer d'avis, car c'est ma mère qui a paru le convaincre... Tout cela m'est égal, vous comprenez ? disait l'enfant avec sa désinvolture habituelle... L'important pour moi c'est que Renaud soit mon mari...

Et avec une moue, elle lança cette parole philosophique :

— La vie se chargera d'arranger le reste...

Mais le vieillard suivait sa pensée :

— Il a bien reconnu, du moins, qu'il avait menti en prétendant l'autre jour qu'il était vraiment coupable — afin de vous faire abandonner l'enquête ?

— Avait-il besoin de le reconnaître ?...

— Et qu'il avait menti encore en prétendant aimer toujours cette femme qui a joué un rôle néfaste dans sa vie ?

— Ne m'aime-t-il pas ? dit-elle avec son naïf orgueil... Et ne sais-je pas qu'il ne peut l'avoir aimée comme il m'aime ?

— Peut-être vous a-t-il fait une révélation suprême... et qui, pour vous, enlèverait tous les doutes et toutes les hésitations ?

— Laquelle ?

— Il vous a révélé peut-être le nom du meurtrier de Villedieu ?...

— Non, fit-elle, surprise et inquiète.

— Ah ! tant de discrétion m'étonne...

— Il y a une bonne raison pour cela, je suppose ?... C'est qu'il l'ignore...

— Il le connaît, au contraire.

— Qu'en savez-vous ?

— Il ne s'en est point caché devant moi...

— Et ce nom, il vous l'a dit ?

— Non, mais à vous, désormais, il ne refusera certainement plus de le faire connaître... Entre lui et vous, il ne peut plus y avoir de secret... et je vous avouerai, mon enfant, qu'en ma qualité d'avocat, et d'avocat de Renaud en cette affaire, ma curiosité est vivement surexcitée...

Si le vieillard avait pu deviner quelle affreuse douleur, quelle abominable torture cachait la révélation dont il parlait, il n'eût rien dit à Liliane. Mais il ne savait pas... Ce qu'il voulait à son tour, ce qu'avait voulu l'enfant, c'était la vérité

tout entière... Henriette avait été mêlée à ce drame, mais dans quelle mesure ?

Liliane rentra à Primerose préoccupée.

Elle avait promis à Renaud de lui rendre compte de son entretien avec Jodry-Thuret, dans ses moindres détails.

Avisant Renaud qui causait avec Jacqueline, à l'ombre des marronniers, elle les rejoignit.

Il vint à elle, lui saisit les mains avec tendresse et crainte.

Renaud aperçut tout de suite l'ombre qui était répandue sur cette physionomie si expressive et si franche.

— Que s'est-il passé ?

Elle prit place entre sa mère et son fiancé.

— Renaud, dit-elle, je vous ai promis de vous rendre compte... et pourtant, j'ai peur, je ne sais ce qui me retient...

— Quoi donc ? Expliquez-vous, ma chère Liliane...

— Vous avez manqué de confiance en moi...

— Non.

— Vous ne m'avez pas dit tout ce que vous saviez...

— Et que savais-je donc, Liliane ?

— Vous connaissez le nom du meurtrier de Villedieu.

— Mais je vous assure...

— Ou alors, vous avez menti à M. Jodry-Thuret... et dans quel but lui auriez-vous menti ?...

Ni l'un ni l'autre ne prêtaient attention à Jacqueline.

Et ce fut fort heureux pour la pauvre femme.

Elle était si épouvantée, si profondément émue, qu'elle crut un instant qu'elle allait perdre connaissance. Elle baissa et détourna la tête pour qu'on ne vît point sa pâleur et il lui fallut une force de volonté extraordinaire pour garder sa présence d'esprit et ne pas commettre d'imprudence. Mais elle se disait :

— Mon secret est tombé entre les

mains de Renaud Raigice ! Toute la vérité connue de Renaud !... Comment ? Il a donc lu les lettres enfermées dans le coffret pendant son voyage de New-York à Londres ?...

Elle se rappela avec quelle facilité il avait accepté, tout dernièrement, les propositions de mariage qu'elle lui avait faites et qui devaient mettre fin à l'enquête de Liliane... Et ces propositions il les avait refusées depuis longtemps ! Il avait résisté à l'amour de la jeune fille !... S'il les avait acceptées, tout à coup, lorsque Jacqueline avait eu avec lui une entrevue définitive, c'est qu'il s'était dit, sans doute, qu'en persistant dans son refus il risquait de jeter la mère, si malheureuse déjà, dans une situation tragique dont elle ne pourrait sortir que par la mort.

Elle comprit qu'il se dévouait ainsi... Certes, ce dévouement lui donnait la possession de Liliane, mais il y sacrifiait quand même les suprêmes espérances qu'il avait pu concevoir de sa réhabilitation complète...

Et, avant de se dévouer ainsi, avant d'accepter le bonheur qu'on lui offrait, n'avait-il pas tout fait pour y échapper ? Tout, jusqu'à s'avouer coupable d'avoir tué Villedieu, lui qui savait comment cet homme était mort et par quelle main il avait été frappé !

Et pendant que la pauvre Jacqueline se faisait ces réflexions, elle entendait Renaud qui, pour échapper aux questions de Liliane, essayait de lui mentir encore, en disant :

— Je ne connais pas le meurtrier de Villedieu, chère Liliane... M. Jodry-Thuret s'est trompé assurément sur le sens de quelques paroles... Comment vous expliqueriez-vous que, maître d'un pareil secret, je ne l'eusse pas fait servir à mon bonheur, puisque mon bonheur tenait à ma réhabilitation ?...

Liliane parut se contenter de cette réponse.

Un doute en elle restait pourtant.

Mais elle était si heureuse ! Elle ne demandait qu'à croire !... Ne le tenait-elle pas, ce bonheur après lequel elle aspirait depuis si longtemps ?

Jacqueline essaya, à plusieurs reprises, de rencontrer le regard de Renaud, afin de tâcher de pénétrer dans cette âme d'homme et de savoir ce qu'il pensait, mais soit hasard, soit qu'il l'eût devinée, Renaud fuyait obstinément ce regard...

Et cette obstination même, n'était-ce pas, pour Jacqueline, une preuve ?

Au château des Bois-Murés Henriette avait aperçu Liliane. Elle savait que la jeune fille avait eu avec l'avocat un entretien !

De loin, elle les vit causer ensemble.

Un moment, elle eut envie de les rejoindre sous le premier prétexte venu, mais elle craignait de donner des soupçons à l'avocat et à la jeune fille.

Seulement, dès que s'éloigna Liliane, dès qu'elle disparut dans les premiers ombrages du parc, Henriette attendit quelques minutes et alla rejoindre Jodry-Thuret assis dans le jardin, et plongé dans de tristes réflexions.

Il ne la vit point s'approcher.

Et il tressaillit violemment, comme sortant d'un rêve profond, lorsqu'elle lui dit, de sa voix la plus douce :

— Souffrez-vous donc davantage, mon ami ?

— Merci, vous êtes bonne, Henriette... Je suis mieux... tout à fait mieux et je sens que bientôt j'aurai la force d'accomplir... jusqu'au bout... mon devoir, tout mon devoir...

Comme il détournait les yeux, elle ne comprit pas ce qu'il voulait dire et crut qu'il faisait allusion aux travaux qu'il négligeait depuis quelque temps.

Elle prit place sur un siège de jardin, auprès de lui.

Au bout de quelques instants elle dit

en s'efforçant de rendre sa voix indifférente :

— Il me semble avoir aperçu Liliane ?

— En effet.

— Puisqu'elle n'a pas demandé à me parler, c'est donc vous qu'elle venait voir particulièrement.

— Vous savez quelles sont ses préoccupations...

— Eh ! sans doute, elle poursuit son enquête et c'est de cela qu'elle voulait vous entretenir.

— Vous avez deviné juste...

— A-t-elle l'espoir d'aboutir bientôt ?

— Elle renonce, au contraire, à toute recherche... Elle m'a déclaré qu'elle n'avait plus aucun intérêt à connaître la vérité... Et elle m'a donné les raisons de son attitude nouvelle...

— Ces raisons, vous les avez approuvées ?...

— Jugez-en, Henriette... Lorsque vous les connaîtrez vous-même...

Il releva les yeux sur sa femme et ne la quitta plus de son regard pénétrant.

Il parut prendre plaisir à lui raconter quelles avaient été les amours de Liliane et de Renaud à New-York.

Il lui fit le récit de toutes les hésitations cruelles par lesquelles était passé le jeune homme avant de s'abandonner à cet amour.

Il ignorait que déjà Henriette était au courant de ces choses — et que jadis Renaud n'avait pu les lui cacher.

Jodry-Thuret dit aussi que Liliane avait juré de connaître le secret que Renaud lui cachait si obstinément.

Elle y avait consacré sa vie.

Cela, Henriette ne l'ignorait pas non plus : Renaud ne lui avait-il pas dit certain jour : « Je vous promets le pardon et l'oubli à la condition que vous userez de votre influence sur votre mari pour qu'il empêche Liliane de poursuivre son enquête... »

Et elle n'avait pas voulu s'y engager.

Lorsqu'il eut achevé ce récit qu'elle écouta sans l'interrompre, mordue par le soupçon de ce qu'elle allait apprendre, mais pourtant n'y voulant point croire encore, il ajouta :

— Aujourd'hui, Liliane est venue m'apprendre que la tâche qu'elle s'était imposée est devenue inutile... Renaud, retenu par un scrupule généreux, refusait de donner son nom à cette charmante enfant, parce qu'il craignait qu'un jour elle n'eût à souffrir du mystère qui pesait sur le passé de son mari...

— Eh bien ? dit Henriette, se sentant défaillir.

— Eh bien ! il n'a plus les mêmes scrupules, vaincu sans doute par la grandeur de cet amour...

— De telle sorte ?

— De telle sorte que, tout à l'heure, Liliane est venue tout simplement m'apprendre la nouvelle de son mariage prochain...

Puis, Jodry-Thuret ajouta avec une feinte sollicitude :

— Qu'avez-vous donc, Henriette ?

— Mais... rien...

— On dirait que cette nouvelle vous contrarie ?

— Que voulez-vous qu'elle me fasse ? N'y suis-je pas indifférente ?... Non, je mens... je ne suis pas indifférente à ce que vous venez de m'apprendre, poursuivit-elle aussitôt avec le plus admirable sang-froid : je ne puis pas oublier, en effet, que Renaud Raigice a été malheureux, injustement accusé, victime... et je suis heureuse de voir qu'après tant d'années il aura trouvé, enfin, un peu de bonheur...

— Vous êtes bonne, Henriette, et je vous remercie pour mon ami...

Elle eut même le courage de sourire en ajoutant, avec un peu d'ironie :

— Je ne puis oublier non plus que Renaud Raigice m'a aimée autrefois, ou du moins il a prétendu m'aimer, et je vois avec plaisir qu'il a fini par se consoler...

Puis, comme si elle eût étouffé, elle se tut tout à coup.

Il n'avait pas cessé de la regarder.

Il lisait si bien, maintenant, tout ce qui se passait en elle !

Sous cette ironie et sous cette indifférence, malgré la profonde dissimulation d'Henriette, il avait su démêler la vérité.

Et cette vérité, il se la précisa nettement :

— Elle l'aime encore !

Et il la connaissait !... Elle avait été, autrefois, capable de toutes les lâchetés, lorsqu'elle avait abandonné son amant.

Sa jalousie n'allait-elle pas lui inspirer une infamie nouvelle ?

Ce qu'il ne comprenait point, par exemple, c'était ce renouveau d'amour... Car si elle avait rompu jadis avec Renaud, c'est qu'elle ne l'aimait plus...

Mais maintenant qu'il la savait si violente et si perverse, rien ne l'étonnait plus, et il réfléchissait qu'Henriette devenait pour Liliane comme pour Renaud un danger, car elle n'hésiterait point, sans doute, à empêcher de tout son pouvoir le mariage qui se préparait.

Comment ? Il ne le savait pas. Dès la première heure sa résolution fut prise. Il se dresserait entre eux et elle, comme un obstacle contre lequel, au dernier moment, elle viendrait se briser...

Il avait déjà certaines preuves de la duplicité d'Henriette et de sa faute d'autrefois : le rendez-vous avec Jérémit, chez le marchand de vins de la rue de la Huchette, ne pouvait laisser aucun doute à cet égard.

Cependant, il voulait, pour tenir Henriette en son pouvoir et l'empêcher de nuire, quelque chose de plus que le rapport de l'agent.

Et que pouvait-il désirer, sinon les lettres mêmes que Jérémit possédait encore, et qui constitueraient une preuve accablante ?

Mais ces lettres, comment les avoir ?

Deux moyens s'offraient à lui pour cela.

Acheter ces lettres... C'était le premier moyen et le plus sûr.

Il savait à quel prix Jérémit voulait les vendre... quel prix exorbitant il exigeait d'Henriette...

Comment Henriette trouverait-elle une pareille somme ?

C'était impossible si elle n'avait pas recours à des moyens inavouables, dont la seule pensée faisait pâlir et frissonner le pauvre homme.

Et pourtant, Henriette était-elle femme à hésiter ?

Problème qu'il n'eût osé se poser tant la solution lui paraissait incertaine.

Se substituer à sa femme, aller trouver Jérémit, lui offrir les cent mille francs qu'il demandait, cela paraissait au premier abord très simple.

Mais Jérémit ne garderait pas le secret. Henriette apprendrait que ses lettres étaient entre les mains de son mari. Alors, elle resterait sur ses gardes et, rusée, patiente et sans scrupules, qui sait quels expédients elle inventerait pour s'opposer au mariage de Liliane ?

Pourrait-il, après avoir payé ses lettres, acheter le silence de Jérémit ?

Quelle confiance pouvait-il avoir en ce misérable, lequel, ayant empoché l'argent du mari, irait se faire aussitôt récompenser par la femme en lui révélant les secrètes intentions du vieillard. Là, tout était donc à craindre...

Du reste, ce moyen serait toujours à sa disposition, pour le jour où l'autre ne réussirait pas...

Et l'autre, c'était la ruse !...

S'emparer des lettres, sans même que Jérémit connût le larcin, était-ce possible ? Oui, sans doute, mais évidemment les difficultés étaient nombreuses.

Où étaient-elles cachées ? Comment les chercher ? Le pouvait-on, vraiment ? Quelle intelligence assez mobile, assez expérimentée du cœur humain soulèverait ie voile et pénétrerait jusqu'au fond de la conscience des Jérémit, jusqu'au fond de la ruse souple, madrée, tenace des deux paysans ?

Lui, Jodry, se sentait réduit à l'impuissance.

Il ne pouvait, en effet, tenter nul effort, dans le sens de ses recherches, sans risquer aussitôt d'être deviné par les deux Jérémit.

Et, du jour où les Jérémit le devineraient, craignant pour leur trésor, ils avertiraient Henriette.

Il était donc condamné à la plus extrême prudence envers eux.

Dans la journée du lendemain, sentant ses forces revenir, il put descendre jusqu'à Seine-Port.

Il s'était fait renseigner sur l'habitation de Jérémit.

Il passa devant.

Il vit Marie, sur le seuil, en train d'écosser des haricots.

Jérémit était à l'auberge. Il n'en sortait guère.

Marie reconnut Jodry-Thuret et le salua humblement. Un rapide coup d'œil du vieillard sur ce visage fermé de femme astucieuse : ce fut tout. Il ne s'arrêta pas. Et il évita même de repasser par le même chemin lorsqu'il remonta vers les Bois-Murés.

Les Jérémit habitaient une coquette maison à laquelle attenait un grand clos, au bout du village.

Et Jodry-Thuret n'avait pu s'empêcher de soupirer en pensant que c'était là qu'on cachait les lettres de sa femme, les preuves de la faute d'autrefois.

Mais il fallait se hâter, il fallait prendre un parti.

Ces lettres devenaient sa préoccupation constante, son unique pensée.

Alors, puisqu'il avait pris l'agence Martin pour confidente de ses peines et de son déshonneur, puisqu'il s'était résigné à toute cette bassesse d'espionnage, il y recourut encore.

Il se rendit à Paris et eut une conférence avec Martin.

L'agent hésita longtemps.

Il avait peur d'un échec. Mais Jodry-Thuret insista, doubla la somme demandée, promit une prime en cas de réussite et Martin accepta.

— Je prendrai moi-même la direction de l'affaire, dit-il... Ces Jérémit m'ont l'air de rusés personnages et la moindre imprudence nous perdrait... Il faut se défier... En attendant, vous, de votre côté, monsieur Jodry, restez tranquille et faites le mort... Cent mille francs, voyez-vous, ça ne vous tombe pas sous la main comme une poire mûre... Votre femme mettra bien quelques jours à les trouver... Donc, nous avons le temps !...

Entre Primerose et les Bois-Murés, les relations s'étaient rétablies comme autrefois, et tout naturellement.

Ceux qui auraient voulu s'y opposer, c'est-à-dire Jacqueline et Renaud, ne l'osaient, dans la crainte d'éveiller la surprise et le soupçon. Jacqueline, en effet, ne se retrouvait jamais sans crainte au château qui, jadis, avait abrité ses amours avec Villedieu. Sans savoir d'où viendrait le malheur, elle redoutait pour Gervoise une révélation, et, de même que jadis, lorsqu'ils étaient venus s'installer à Primerose pour la première fois, elle avait prévu que c'était des Bois-Murés que tomberait la foudre, de même aujourd'hui un pressentiment lui disait que de là encore sortirait le danger.

Lequel ? Et comment viendrait-il ?

Elle se contentait d'avoir peur, sans force, sans résistance contre le péril.

Renaud avait d'autres raisons pour éloigner Henriette et pour désirer voir devenir de plus en plus rares les relations de la femme de Jodry-Thuret avec Liliane.

Fiancé à Liliane, il ne pouvait oublier qu'il avait été l'amant d'Henriette et que, pour si méprisable que celle-ci eût été, elle s'était reprise d'amour pour son ancien amant.

Il ne pouvait oublier non plus ses menaces. Que rêvait-elle ?

Comment voulait-elle se venger ?

De lui ? ou de Liliane ?

Et par quelles lâchetés, par quels artifices criminels, tenterait-elle d'empêcher le mariage qu'elle apprendrait bientôt ?

Depuis que ce mariage était convenu, que tout était arrêté et que déjà l'on s'occupait des préparatifs, Renaud Raigice ne quittait plus Primerose.

Gervoise et Jacqueline avaient trouvé en lui un second enfant, et Denis, devant le bonheur qui éclatait dans les yeux sombres de la gentille sauvage — apprivoisée, — Gervoise se sentait lui-même heureux infiniment, et le disait à toute heure du jour :

— Jacqueline, je suis heureux... Tout nous réussit... et voilà enfin notre fille, notre Liliane au comble de la joie...

A Liliane, qui l'embrassait cent fois par jour :

— Liliane, es-tu heureuse ?

— Oh ! oui, père... Jamais je n'ai été aussi heureuse !

— Eh bien ! je le suis encore plus que toi !...

Il n'y avait pas jusqu'à Renaud qui ne reçût, comme les autres, les confidences de son bonheur.

Et Renaud, de plus en plus inquiet, pensait à Henriette et se disait :

— La misérable réussira-t-elle à détruire toute cette joie ?

Il la voyait souvent, car on eût dit qu'Henriette prenait à tâche de multiplier ses visites.

Après l'entretien de Liliane avec Jodry-Thuret, il ne pouvait douter qu'Henriette n'eût appris, par le vieillard, la nouvelle du mariage.

Depuis lors, deux ou trois jours s'étaient passés et il n'avait rien remarqué d'anormal chez la jeune femme.

Qu'attendait-elle ? Avait-elle renoncé à ses pensées mauvaises ?

Il n'osait pas l'espérer.

Et, en effet, il avait raison de ne point trop compter sur le retour au repentir, car un jour qu'elle put lui parler, le trouvant seul, elle lui dit d'une voix basse que l'émotion de son amour, de sa colère, assourdissait :

— Renaud, vous vous mariez ?...

— Oui.

— Et vous êtes heureux, sans doute !

— Très heureux...

— Vous l'aimez ?

— Profondément.

— Plus que vous n'avez jamais aimé !

— Henriette, pourquoi ces questions qui ne peuvent être que douloureuses et pourquoi cette insistance ?

— Parce que je veux être bien certaine que vous êtes perdu pour moi et que vous ne me reviendrez jamais.

— Jamais... Qu'aucun doute là-dessus ne reste dans votre esprit...

— Renaud, vous ne vous marierez pas...

Il eut peur — non pour lui, mais pour Liliane — mais n'en laissa rien paraître. Il continua d'être très calme, très froid.

Il répondit simplement :

— Vous vous trompez, Henriette. Dans un mois, Liliane sera ma femme...

Elle secoua la tête ; un éclair de haine passa dans ses yeux.

— Vous avez donc oublié mes menaces ?

— Je n'en tiens pas compte.

— Vous avez tort, Renaud, car j'irai jusqu'au bout et je suis prête à les exécuter.

— Au prix de votre bonheur et de votre honneur ?

— Mon bonheur est dans mon amour pour vous... et c'est de vous, de vous seul, qu'il dépend. Quant à mon honneur, il n'est pas en jeu et rien ne le menace...

— Votre mari, Henriette ?

— Mon mari ne sait rien et ne saura rien... Si vous aviez dû tout lui apprendre, il y a longtemps que vous l'auriez fait. Et vous vous tairez maintenant que vous êtes devenu son ami...

— Vous êtes donc bien misérable ?

— Oui... je vous aime et je ne veux pas que vous soyez à cette fille...

— Comment l'empêcherez-vous ?...

— Par un scandale... un scandale inouï... à la suite duquel vous n'aurez plus qu'à vous retirer, vous, Renaud...

— Un scandale, murmura-t-il...

Et il cherchait ce qu'elle pouvait dire... Un moment, il soupçonna qu'elle savait une partie de la vérité.

— Et tous vous serez atteints du même coup quand je le voudrai ; lorsque j'aurai choisi mon heure, cela tombera sur vous comme la foudre, Renaud, et sur Denis Gervoise, dont l'honneur sera mort, et sur Jacqueline qui n'aura plus qu'à se tuer, et sur Liliane, sur Liliane, dont la vie sera emplie d'épouvante et d'horreur.

— Malheureuse, que savez-vous donc ?

— Ne le devinez-vous pas ?

Mais il ne voulait pas se livrer par une imprudence. Rien en lui ne put faire comprendre à Henriette qu'il avait pénétré depuis longtemps le secret dont elle voulait s'armer pour lui nuire.

Car il doutait, il doutait encore.

Qui le lui aurait révélé, ce secret ?

Par quel hasard ? Par quelle complicité criminelle, peut-être, serait-il arrivé jusqu'à elle ?

Il se taisait, troublé malgré tout, car il ne voyait pas comment défendre contre une pareille attaque, non seulement son propre bonheur, mais, par-dessus tout, le bonheur de ceux qu'il chérissait.

Il voulut l'obliger à se trahir, à montrer plus de franchise.

— Vos menaces sont trop vagues pour m'effrayer, Henriette.

— Elles se préciseront lorsqu'il le faudra... Toutefois, je veux bien vous montrer une partie de mes armes... Cela vous prouvera que je me sens forte et que, si vous parez le premier coup, je vous en porterai d'autres, plus imprévus, auxquels vous ne saurez répondre.

Elle s'arrêta, comme pour jouir à l'avance de la surprise et du trouble de Renaud.

— Savez-vous qui vous épousez ?

— J'épouse la plus chaste, la plus aimante, la plus exquise des jeunes filles... Vous faites allusion, sans doute, à ce qu'elle n'est qu'une enfant trouvée, recueillie jadis par compassion dans le ménage de Gervoise et de Jacqueline. Et que m'importe, je vous le demande ?... En est-elle moins charmante ? Cela enlève-t-il quelque chose à sa grâce, aux qualités de son cœur, à l'amour qu'elle a pour moi ?... En est-elle moins belle, parce qu'elle n'a jamais connu ni son père ni sa mère ? Est-ce bien Liliane, de cela, qui est le plus à plaindre ? Et n'est-ce pas son père, plutôt ? N'est-ce pas sa mère ?

Elle eut un rire de sarcasme.

— Son père, elle ne le connaîtra jamais, car il est mort...

Renaud tressaillit.

Oui, la misérable connaissait une partie de la vérité. Elle poursuivit :

— Quant à sa mère, c'est autre chose... Si la fille ne connaît point quelle est sa mère, il n'en est pas de même de la mère, qui sait très bien où est sa fille, qui, depuis sa naissance jusqu'à aujourd'hui, ne l'a pas perdue de vue et qui, même, a eu l'audace d'introduire son enfant dans son foyer et de la faire vivre auprès de son mari...

Oui, elle savait. Nul doute...

— Comprenez-vous, Renaud ?

— Non, je l'avoue.

Elle haussa les épaules.

— Vous me comprenez parfaitement, mais vous voulez que je m'explique en toute franchise ?... Au surplus, je ne demande pas mieux, car, de vous, je n'ai rien à craindre.

Elle dit ensuite, sur un ton qui affectait l'indifférence :

— Je ne veux pas que vous deveniez mon beau-frère... j'aime mieux vous garder comme mon amant !...

Et riant d'un rire cruel :

— Je ne veux pas que vous épousiez ma sœur... Et Liliane est ma sœur... Comprenez-vous, maintenant, et vais-je vraiment pousser mon explication jusqu'au bout ?

— Oui... achevez votre confidence, Henriette...

Mais il était plus effrayé qu'il ne voulait le laisser paraître.

— Liliane est la fille de mon père... Sa mère n'est autre que Jacqueline, qui fut maîtresse de mon père alors qu'elle demeurait avec nous aux Bois-Murés comme institutrice... Elle est donc ma sœur, ou, si vous préférez, ma demi-sœur... Maintenant, vous savez aussi bien que moi ce qui est arrivé... par quel hasard cette enfant est tombée tout à coup dans le ménage de Denis Gervoise... comment elle y vécut... comment elle finit par y être adoptée, alors que Gervoise est à cent lieues de se douter de la vérité sur cette apparition de Liliane... Comment l'enfant, élevée à Nantes chez de vieux parents du nom de Danloup, se trouva-t-elle là, une nuit, près de la Seine, à deux pas de la demeure de sa mère ? Comment tomba-t-elle dans le fleuve, faillit-elle se noyer, fut-elle sauvée par Gervoise lui-même ?... Il y a une succession d'événements dont je ne saisis pas très bien le sens. Et un Américain nommé Robert Robertson, qui faillit tuer mon père quelque temps après en duel, joua dans toute cette affaire un rôle mystérieux... Quel que soit ce rôle, il ne peut empêcher la vérité d'être ce que je viens de vous dire... Liliane, fille de Jacqueline, est fille de Villedieu, mon père... Et Gervoise, mari de Jacqueline,

père adoptif de Liliane, ignore ce passé, la faute et la maternité de sa femme. Il est évident, vous en conviendrez avec moi, mon cher Renaud, que cette histoire aurait, pour l'excellent inventeur et malgré ses millions, un intérêt puissant... Je n'hésiterai pas, au besoin, à la lui faire connaître, s'il le faut... et vous savez, Renaud, à quelle condition je garderai le silence...

— Dites, je vous prie, soyez infâme jusqu'au bout.

— Je garderai le silence à la condition que vous n'épouserez pas ma sœur, dont je suis jalouse.

— Et si je ne tiens pas compte de votre menace ?

— Je vous jure que Denis Gervoise apprendra tout...

Il réfléchit longtemps.

Cette femme lui faisait horreur.

Vraiment, est-ce bien elle qu'il avait aimée autrefois ? Comment avait-il pu se tromper ainsi sur son caractère, se méprendre, ne point deviner que tant de bassesse et de honte se cachait sous tant de beauté ?

Et il en venait à se demander si elle méritait qu'on l'épargnât et si elle ne méritait pas, au contraire, qu'on la traitât, misérable créature qui abusait de sa faiblesse et de sa lâcheté, comme elle traitait les autres...

Il eut un moment de révolte.

— Votre sinistre et lâche projet, si vous le mettez à exécution, ne peut atteindre mon bonheur... J'aime Liliane et Liliane m'aime... Elle sera ma femme... Toutes vos révélations et vos vilenies ne prévaudront pas contre notre amour...

— J'aurai du moins semé le malheur autour de vous...

— Vous aurez frappé des innocents... vous aurez essayé de m'atteindre... et vous aurez manqué votre but...

— Soit... Du moins je me venge de vous sur ceux que vous aimez, puisque je ne puis vous atteindre, vous, directement.

Il baissa la tête.

Elle jouissait de son abattement. Elle triomphait et ne cachait pas sa joie, car elle eut un rire d'insulte.

Elle lui appuya tout à coup la main sur l'épaule. Il releva la tête.

Elle dit, avec le même rire :

— Je devine à quoi vous pensez...

— Non...

— Si, je le devine... Vous pensez à commettre à votre tour une lâcheté contre moi, en allant révéler à mon mari que je fus votre maîtresse.

— C'est vrai.

— Vous voyez que je devinais juste.

— Oui, j'ai pensé à cela, et c'est abominable.

— Et même, en ce moment, vous vous dites que, si vous n'avez que ce moyen pour empêcher Henriette de se venger, ce moyen, si détestable et si déshonorant qu'il soit pour vous, vous y aurez recours...

— Vous avez deviné de nouveau, madame. Pour empêcher la vipère de mordre, on la tue... moi, je ne veux pas que vous mordiez...

— Oh ! vous n'iriez pas jusqu'à me tuer, je suppose ?

— Non... certes... mais votre mari vous aime... et pouvez-vous savoir jusqu'à quel transport ira sa fureur jalouse lorsque je lui aurai tout appris ?...

Son rire cruel s'accentua :

— Je vous l'ai dit un jour et aujourd'hui je vous le répète... vous vous tairez, parce que vous êtes un honnête homme, un imbécile d'honnête homme...

— Eh bien ! Henriette, détrompez-vous !... Et vous avez mal calculé, ma chère... S'il ne s'agissait que de moi, de mon honneur, de ma vie, je me tairais... Rien ne me ferait sortir de mon silence... Je vous l'ai prouvé autrefois et je vous le prouverais de nouveau... Mais je ne suis plus en jeu... Vous ne pouvez plus rien inventer pour me voir souffrir... Vous avez épuisé jadis, et d'un seul coup, toute votre lâcheté !... Moi, je suis hors de votre atteinte... Ce n'est plus à moi, du reste, que vous songez... Vous voulez frapper, et combien cruellement ! celle que j'aime... une jeune fille qui est innocente de tout ce passé, de toutes ces querelles et de toutes ces hontes... Moi, je vous le dis, je suis décidé à la protéger contre vous... Tant que vos menaces ne se sont adressées qu'à moi, j'ai pu me taire... Puisque vous visez plus loin que moi, je parlerai...

Il se leva, s'approcha d'Henriette.

Elle ne bougea pas, elle l'attendit, toujours méprisante.

Il lui prit la main. Elle la lui laissa prendre, sans faire de résistance.

— Le jour où vous toucherez au bonheur de cette enfant, vous serez perdue !

Elle le brava de son regard passionné.

Et, très bas d'une voix sourde :

— Je te le demande pour la dernière fois... Renaud... reviens à moi, aime-moi comme par le passé...

— Non !

— Tu me trouveras soumise et plus que jamais amoureuse de toi.

— Vous me faites horreur...

— Ainsi, jamais plus ? redit-elle, comme si elle eût gardé un dernier espoir.

— Jamais !...

— Alors, c'est bien, Renaud... Faites ce que vous rêvez... Allez trouver mon mari.. et tenez-lui le langage suivant, car je suppose que vous ne pourriez pas vous exprimer autrement, et si je me trompe vous me le direz : « Monsieur, vous avez épousé, jadis, une fille qui fut ma maîtresse... Elle ne m'a demandé que de l'amour et de la passion en retour de beaucoup d'amour et de passion... Elle m'a donné, de gaieté de cœur, son corps et toutes ses voluptés... et cependant elle ne me devait rien...

mais je lui ai su mauvais gré de se reprendre, bien qu'elle en eût tous les
droits... Pour la récompenser de toutes
les joies que j'ai reçues d'elle, je m'empresse de vous raconter cette histoire... »
Est-ce bien là, Renaud, le langage que
vous tiendrez ?

Il passa la main sur son front.

Pourtant, il se remit. Il voulait lui tenir tête.

— Non. J'irai dire à votre mari : « J'ai
aimé follement cette femme dont le lâche abandon a failli briser ma vie, après
avoir brisé mon cœur... Je ne connais
pas de créature au monde plus méprisable et plus vile... » Je dirai ce que vous
avez fait et ce que vous comptez faire
encore... et j'aurai accompli mon devoir... Henriette, revenez à vous, revenez à la raison... Ne m'obligez pas,
pour me défendre contre vous, à recourir à de pareilles révélations, à tant de
cruauté... Je ne vous demande pas
d'avoir pitié de ces deux femmes dont
l'une est innocente de tout, et dont l'autre a été si malheureuse ; je vous demande de les oublier pour ne plus penser qu'à l'homme qui vous aime ardemment, à l'homme qui vous a donné son
nom, et qui serait frappé à mort.

— Puisque l'aveu viendra de vous,
vous seul serez coupable de sa mort !

— Ah ! vous êtes impitoyable...

— Oui...

— Eh bien ! quels que soient les dé-
sastres autour de vous, je vous le jure,
Henriette, je serai moi-même sans pitié...

Elle secoua la tête.

Elle conservait, dans cette discussion
pénible, un calme étrange.

On eût dit vraiment qu'en dépit de la
révolte de Renaud et de ses menaces,
elle était sûre de vaincre.

— Vous laisserez mon mari tranquille,
fit-elle, et vous n'essayerez d'avoir avec
lui aucune conversation...

— Je vous le jure...

— Ne jurez donc pas... Je suis certaine de ce que je dis... La maternité de
Jacqueline, le secret de ses anciennes
amours avec mon père et de la naissance de Liliane étaient des armes dont
je croyais être sûre et j'estimais, en vérité, qu'elles devaient être excellentes...
Vous venez de me démontrer qu'elles
pourraient ne point suffire... Je vous sais
gré du service que vous m'avez rendu...
Et je vais vous en rendre un autre à
mon tour... Ce ne sont point les seules
armes dont je puisse me servir... J'en ai
d'autres plus dangereuses... bien autrement redoutables... Prenez garde !...

— Menace vaine !

— Vous refusez de me croire ?...

— Adieu ! cette scène a trop longtemps duré.

Elle le retint, d'un mot rapide, au moment où il voulut s'éloigner :

— Restez, Renaud, et parlons, si vous
le voulez, de la mort mystérieuse de mon
père.

Il s'arrêta, brusquement, comme frappé d'un coup en plein cœur.

Que savait-elle donc ?... Est-ce qu'elle
aussi aurait découvert la vérité ?...

— Il paraît, si j'en juge par votre
émotion, que cela vous intéresse toujours ?

— N'est-ce pas tout naturel ? Et ne
dois-je pas m'y intéresser plus que tout
autre, autant que vous-même ?

— Vous avez dû, bien certainement,
faire votre enquête depuis lors, afin
d'essayer de découvrir le nom de celui...
ou de celle... pour qui vous avez failli
être condamné ?

— Oui... Tous mes efforts ont été inu-
tiles.

Mais il avait tressailli de nouveau en
entendant cette question d'Henriette et
l'intention qu'elle avait mise à prononcer certains mots.

L'allusion n'était-elle pas évidente ?

— Peut-être qu'aujourd'hui vous n'y
mettriez plus la même ardeur ?

— Pourquoi ?

— Dans la crainte, en découvrant la vérité, de vous trouver devant une situation si douloureuse qu'elle vous semblerait inextricable.

— J'attends que vous vous expliquiez, Henriette...

— Vous avez dû longtemps rêver de connaître le nom du meurtrier de mon père, afin de livrer ce nom à la justice, afin de susciter un nouveau procès, de nouveaux débats devant la cour d'assises... desquels vous seriez sorti avec une réhabilitation éclatante... Et, parti de l'armée presque honteusement, cela vous y ferait rentrer en triomphe.

Le cœur de Renaud se serra.

— Je l'ai rêvé en effet.

— Je puis, moi, vous en donner le moyen. Si je le fais, me rendrez-vous un peu de votre amour ?...

— Non. Il est trop tard. Mon amour est mort...

— Vous avez donc renoncé à l'honneur ?

— Il me suffit que ceux qui m'approchent, que j'aime et qui m'aiment, aient foi en moi et soient sûrs de mon innocence...

Elle eut un rire ironique et méchant.

— Il est une personne de votre entourage dont la certitude doit être absolue... et qui, plus que toutes les autres, a le droit d'avoir confiance en vous, Renaud.

Il n'osa pas lui demander quelle était cette personne... Hélas !... Mais comment cette méprisable créature connaissait-elle un aussi redoutable secret ?

Elle continua, avec la même ironie âpre :

— Vous n'êtes point curieux, Renaud... et pour manifester si peu d'ardeur à connaître un secret de pareille importance, il faut que vous ayez acquis une indifférence surprenante pour ces choses du passé qui vous touchent de si près... à moins... à moins que vous n'ayez plus rien à apprendre et que vous en sachiez là-dessus autant que moi...

— Achevez votre confidence ! dit-il froidement.

— La personne dont je vous parle, ne la devinez-vous pas ?

— Non.

— C'est Jacqueline, la mère de votre fiancée...

Un nuage lui passa devant les yeux.

Elle avait donc des preuves ?

Un pareil secret entre les mains de cette femme, c'était la mort de tous ses rêves !

C'était le renoncement au mariage !

C'était la perte de Liliane ! ! !

Alors, bien décidément, ils étaient perdus.

Il se raidit contre son désespoir.

Il eut le courage d'accueillir les paroles cruelles d'Henriette avec un rire ironique...

— C'est une histoire singulière que vous me racontez là...

— Et vous n'y ajoutez point foi, n'est-ce pas ?

Elle poursuivait, de plus en plus âpre :

— Je veux qu'il ne reste aucune hésitation dans votre esprit, Renaud. Je tiens, puisque vous désirez entrer dans cette famille, à ce que vous soyez sur elle dûment renseigné... Vous m'en remercierez certainement, mon ami... Voici par quelle suite d'événements et dans quelles circonstances Jacqueline Gervoise a été poussée à assassiner mon père.

Il l'écouta en tremblant.

Ce qu'elle lui dit, il le savait, depuis la découverte des lettres durant son voyage à Londres.

Elle ne lui apprenait donc rien.

Mais quand même il en était profondément troublé.

Elle lui dit de quelle façon elle avait été mise au courant des amours de Villedieu avec Jacqueline et les soupçons qui lui étaient venus après les menaces qu'elle avait trouvées dans certaines lettres. Cependant la preuve, la preuve réelle lui manqua longtemps. Sa conviction morale était faite, mais elle avait attendu quelque chose de plus.

Alors, un jour, sa certitude avait été absolue.

Elle avait entendu l'entretien de Liliane avec Jodry-Thuret, lorsque la jeune fille était venue lui révéler ce que Gervoise lui avait appris, et comment Gervoise avait retiré, de la poitrine de Villedieu, l'arme qu'il connaissait, ce couteau qui lui appartenait, dont lui-même, une fois, avait failli se servir, et qui jamais ne quittait sa table de travail.

La preuve décisive, elle venait donc de l'acquérir. Tout ne devenait-il pas très clair, maintenant ? Quelle autre main que celle de Jacqueline avait pu s'emparer de cette arme ? Et, le crime commis, quelle autre main, encore, aurait pu — si l'on s'en tenait aux plus vraisemblables apparences — la replacer là où cette arme avait été dérobée pour un instant ?

Henriette, en contant ces choses, jouissait du trouble de Renaud.

Elle comprenait, d'instinct, qu'elle venait de reconquérir une partie du terrain perdu.

Certes, son amant ne l'aimerait plus...

Elle avait vainement frappé à ce cœur où, désormais, tout était fermé pour elle.

Mais si l'amour lui était défendu, est-ce qu'il ne restait pas une volupté suprême ?... Est-ce qu'elle n'allait pas s'interposer entre Liliane et Renaud, empêcher leur bonheur, rendre impossible leur mariage ?

Elle-même ne pouvait plus être heureuse, dans l'enivrement de sa passion coupable... mais elle éprouvait la joie mauvaise de voir Renaud et Liliane malheureux.

Elle ne pensait plus à son amour.

Elle ne rêvait plus qu'à sa vengeance.

Quand elle eut fini son récit, ils restèrent longtemps silencieux.

Renaud ne songeait pas à dissimuler son émotion et il était dans un accablement immense.

Tout s'effondrait autour de lui, au dernier moment, à l'heure où, après tant d'hésitations douloureuses, il avait fini par accepter son bonheur Que faire ? Rien contre cette femme ! Elle avait raison : elle le tenait... comme elle les tenait tous !... Elle tenait l'honneur et le repos de Gervoise !... la vie de Jacqueline !... le bonheur de Liliane !... son propre bonheur à lui !... Un mot de cette femme pouvait briser tout cela, et d'une façon irrémédiable, pour toujours... Il baissa la tête.

Elle crut qu'il s'avouait vaincu. Elle lui dit, avec un dernier reste d'espoir :

— J'oublierai tout et je me tairai... Aime-moi !

— Vous me faites horreur !

— Je t'ai supplié pour la dernière fois... Laisse-moi donc, avant de te quitter, résumer notre entretien... Je t'ai menacé, pour empêcher ton mariage, de révéler à Gervoise les amours de sa femme avec mon père et que Liliane est la fille de Jacqueline... Tu m'as répondu en me menaçant, à mon tour, de révéler à mon mari nos anciennes relations d'avant mon mariage... si j'exécutais cette menace... C'est bien cela ?

— Oui.

— A ceci, je réplique : si tu fais jamais à mon mari la moindre allusion à notre liaison d'autrefois — et tu m'y parais résolu — j'irai plus loin dans ma révélation à Gervoise et je lui dirai tout ce que je sais du crime de sa femme..

Il eut un geste de terreur.

— Enfin, si cela ne suffisait pas pour te condamner au silence, j'irais plus loin... Je me rappellerais que je suis la fille d'un homme qui fut assassiné et dont la mort n'est pas encore vengée,

et, puisque le hasard veut qu'aujour-
d'hui je puisse venger la mort de mon
père, je m'adresserais à la Justice et
j'accuserais Jacqueline.

Un nouveau silence.

Ensuite, jouissant de son triomphe,
elle dit :

— Tout ceci te paraît-il clair ?

— Hélas !

— Epouseras-tu toujours Liliane ?

— Non !

— C'est parfait. Je ne t'en demande
pas davantage...

Et elle s'en alla, en riant, victorieuse.

VII

LA POULE AUX ŒUFS D'OR

L'agent Martin n'avait pas perdu son
temps et il s'était occupé tout de suite
de donner satisfaction à Jodry-Thuret.
Le lendemain même du jour où il avait
accepté de prendre en mains cette affaire des lettres d'Henriette, et d'enlever
aux deux Jérémit cette poule aux œufs
d'or, on avait vu s'installer, dans une jolie villa près de Seine-Port, un couple
parisien qui venait y achever la belle
saison. La villa était toute meublée et du
jour au lendemain l'installation fut complète. Les deux nouveaux habitants de
Seine-Port étaient l'agent et une femme,
qui lui servait souvent pour des renseignements intimes, qui lui était dévouée
et qu'il payait, du reste, grassement.
Elle s'appelait Martine, et dans le pays,
pour plus de commodité, il la fit passer
pour sa femme, bien qu'elle ne fût même
pas sa maîtresse.

Martine était une belle fille brune, de
vingt-cinq ans, grande et élégante, aux
yeux noirs pleins d'éclairs, aux lèvres
sensuelles et au corsage appétissant.

Martin et Martine furent bientôt con-
nus dans le village où, du reste, ils dé-
pensaient sans y regarder. En outre,
l'agent avait amené avec lui une femme
de chambre et une cuisinière, qu'il connaissait depuis longtemps dévouées et
discrètes.

Martin connaissait Jérémit. Ses renseignements étaient précis à cet égard. Il le
savait débauché, ivrogne et joueur : trois
qualités autour desquelles il allait bâtir
son plan de campagne. Pour les deux
dernières, il se chargeait de les faire valoir lui-même ; pour la première, Martine lui serait précieuse, et voilà pourquoi elle l'avait suivi.

Il ne lui fut pas difficile de se mettre
en relation avec Jérémit. Le paysan passait ses journées au café, à jouer au billard ou aux cartes. On commença par
des parties de domino, puis le billard,
puis le piquet et la manille suivirent, et
Jérémit ne jouait pas seulement « la con-
sommace », mais jouait de l'argent. Or,
Martin, soit malchance, soit qu'il le fît
exprès, perdait, perdait toujours, s'a-
charnait, doublait, triplait, et, du reste,
gardait sa bonne humeur. Au bout de
quatre ou cinq jours, ils étaient devenus
amis. Martin introduisait le paysan dans
son ménage et le présentait à « sa
femme ».

Deux jours après, et grâce à quelques
œillades très tendres qu'il avait reçues,
Jérémit était complètement amoureux
de Martine. Celle-ci résistait, dans une
stratégie savante, avançait, reculait, em-
ployait toutes les roueries classiques, les
sourires enchanteurs et les larmes de désespoir, afin d'aveugler le bonhomme.

L'honnête Martin ne semblait rien voir
de tout le manège.

Mais si tout se passait là au gré de ce
que désirait Jérémit, il n'en était pas de
même lorsqu'il rentrait chez lui.

Il avait affaire à une femme jalouse et
rusée. Marie n'avait pas été longtemps
sans s'apercevoir que le paysan s'occupait trop de Martine. De fait, il commençait à en être fou. Martine, fine, élégante, soignée, sentant bon, le grisait
d'un regard. Il n'était pas habitué à pa-

reille recherche, à une finesse aussi rare. Ses débauches n'avaient jamais été au delà de quelques amours tarifées, et cette fois c'était une aventure, une vraie, qui flattait tout à la fois son goût et son orgueil. Martine résistait encore, mais elle était sur ses fins, se débattait toute languissante contre l'entraînement qu'elle paraissait ressentir, et elle avait des mots qui affolaient Jérémit :

— Ah ! fuir... fuir avec vous, très loin, pour ne jamais revenir !...

Et cette idée de fuite se cristallisait, à petits coups, dans la cervelle du paysan. Il en devenait presque sage, oubliait de se griser, tout occupé d'elle. Et, quand il n'était pas avec Martin au café, elle lui faisait des signes à la dérobée, et même, plusieurs fois, en l'absence de « son mari », appelé à Paris pour ses affaires, elle avait éloigné les domestiques et avait donné des rendez-vous à Jérémit. Il s'était cru près du triomphe, même il avait voulu brusquer les choses ; mais, à son grand déplaisir, elle s'était défendue avec vigueur, lui répétant à l'oreille :

— Plus tard ! Loin d'ici !... quand nous pourrons vivre l'un près de l'autre, pour toujours, que nous ne nous quitterons plus...

Marie, agacée par son silence, par ses rêveries et par ses soupirs, finit, un soir, par lui faire une scène :

— Qu'est-ce qui te donne ces airs d'enterrement ?

Il tenta de lui raconter des histoires. Elle le laissa parler sans l'interrompre.

Elle l'écoutait d'un air ironique, en ayant l'air de l'approuver d'un signe de tête. Quand il eut fini, elle lui appuya la main sur l'épaule :

— Ecoute, mon homme, soyons francs tous les deux. Jusqu'aujourd'hui, j'ai fermé les yeux sur toutes les petites aventures que tu te payais hors de la maison. Je n'en ai pas trop souffert parce que je voyais bien que ça ne tirait pas

à conséquence. Je ne t'aime plus, certainement, comme au premier jour et, si j'avais à t'épouser aujourd'hui, j'y regarderais sans doute à deux fois. Mais ce qui est fait est fait. N'en parlons plus...

— Alors, où veux-tu en venir ? demanda-t-il brusquement.

— Je veux en venir à ceci, que tant que la chose n'a pas été sérieuse je n'ai rien dit, mais il me semble qu'elle le devient... avec la femme de M. Martin, qu'on ne connaît ni d'Eve ni d'Adam... Cela je ne le tolérerai pas... j'aime autant te prévenir tout de suite...

Il haussa les épaules.

— Qu'est-ce que tu ferais ?

— Nous verrons. Te voilà averti. Je ne réponds plus de rien...

Elle ne lui dit plus mot. Et même, elle parut indifférente à sa conduite. Lui n'avait rien à reprocher à sa femme. Cela le gênait même beaucoup, en ce moment. Bientôt, repris par les yeux langoureux de la belle Martine, il n'y pensa plus. Le hasard, du reste, le secondait, car Martin était appelé tous les jours à Paris et ces voyages successifs plaisaient fort aux amoureux. De plus en plus éperdu, le paysan ne voyait plus très clair dans sa vie. De tous ses entretiens, une seule chose surnageait évidente, c'est que Martine l'aimait. Cela, il n'en pouvait douter. Mais elle avait fini par lui déclarer nettement qu'elle ne serait sa maîtresse ou sa femme — s'il divorçait — que lorsque tous les deux auraient fui loin du toit conjugal ; à Seine-Port, jamais ! Et désormais, ils vivraient ensemble.

— Fuyons ! disait Martine.

Il finit par dire comme elle. Et ils ne parlèrent plus, ils ne rêvèrent plus que de leur départ et du pays où ils iraient se cacher et de la vie qu'ils y mèneraient.

Et une fois, dans leurs rêves, Martine jeta, avec négligence, cette réflexion :

— Oui, mais comment vivrons-nous ?

Alors, il expliqua, fièrement, qu'il était riche, qu'il attendait à bref délai une fortune de cent mille francs qu'on lui apporterait, sans qu'il eût à se déranger, dans quelques semaines. Avec cela, ne pouvait-on vivre ? Ou bien se contenter des revenus, simplement ? Ou bien, en employant une partie du capital, se lancer dans des affaires, et doubler, décupler ce capital ?...

Ils finirent par arrêter le jour de leur départ.

Rien de plus facile. Justement Martin — vraiment le hasard les servait on ne peut mieux — allait être obligé de rester absent pendant deux jours. Ils profiteraient de cette absence pour filer, car Jérémit l'avait déclaré :

— Inutile de retarder... Partout où j'irai, on viendra m'apporter les cent mille francs que j'attends... Je n'aurai qu'à donner mon adresse...

— Quand partons-nous ?

— Après-demain, si vous voulez ?

— Et où irons-nous ?

— A Paris... d'abord... jusqu'à ce que j'aie l'argent... Ensuite, dans le Midi, pour tout l'hiver... On dit qu'on y est si bien... Ensuite, où vous voudrez...

Martine dit à Martin, lorsqu'elle le revit, le même jour :

— Je compte avoir les lettres après-demain... Jérémit va les voler à sa femme, de toute évidence... Il faut que vous me laissiez libre ces deux jours-ci...

— Tu es libre, Martine, dit l'agent avec un rire satisfait...

Le lendemain, dans le courant de la soirée, après avoir éloigné sa femme qu'il envoya à Boissise sous le premier prétexte venu, et qui, du reste, partit sans faire de réflexion, Jérémit se livra à un travail étrange.

Il ferma la porte à clef pour n'être pas surpris, et, éclairé seulement par une bougie, il se mit à desceller la plaque de la cheminée. Cela lui prit du temps.

Quand il eut fini, il enleva deux briques qui laissèrent voir un trou dans lequel il fourra le bras. Et, comme s'il avait été soudain mordu par une vipère, il retira la main, se redressa tout pâle, avec un cri de rage :

— Rien ! plus rien ! ! !

C'était là, dans une boîte, au fond de ce trou, que Marie avait eu autrefois l'idée de cacher le dépôt des lettres. Ils avaient descellé la plaque et pris les lettres au fur et à mesure qu'ils les rendaient à Henriette.

Et ce soir, la place était vide ! ! !

Il essuya son front couvert de sueur. Mais il avait une colère terrible, en constatant qu'il avait été le jouet de Marie.

Quand il eut repris son sang-froid, il remit la cheminée en état ; après quoi, il bouscula tout dans les chambres à la hâte, afin de trouver la cachette, en l'absence de sa femme.

Elle revint de Boissise, pendant qu'il se livrait à ses recherches.

Du premier coup d'œil, en apercevant le désordre partout, en voyant des gravois autour de la cheminée, elle comprit à quel genre d'occupation Jérémit avait passé son temps. Et elle se mit à rire.

Il se rebiffa, s'avança vers elle, les poings fermés.

— Où as-tu mis les lettres ?

Elle répondit avec le plus grand calme :

— Une question en vaut une autre. Je te demanderai à mon tour : que veux-tu en faire ?

— Tu n'avais pas l'habitude de t'en enquérir... Et tu sais que, jusqu'aujourd'hui, c'était pour le bien commun...

— Jusqu'aujourd'hui... possible... mais demain.

— Qu'est-ce que tu veux dire ?

— Rien que ce que je dis... Réponds-moi... que voulais-tu faire de ces lettres ?

— Parbleu ! dit-il feignant la gaieté, ne le devines-tu pas ?... Il me les faut pour les cent mille francs que tu sais...

Le contrat de mariage fut signé à Primerose au milieu de nombreux amis. Mais Renaud restait inquiet ; cette fête n'était-elle pas le signal de la catastrophe redoutée ?

— Très bien... la belle Henriette a réuni la somme ? dit Marie avec ironie.

— C'est probable... alors, il me faut les lettres... il me les faut tout de suite... Pourquoi, sans me prévenir, as-tu changé de cachette ?

Paisible, mais toujours les yeux chargés de dédain, Marie répliqua :

— Pour plusieurs raisons. Pas la peine de m'interroger... Je vais te les dire... La première, parce que tu n'es qu'un grand imbécile, Jérémit, et que tu ne vois pas qu'on se moque de toi... La seconde parce que ce n'est pas du tout pour les rendre à la belle Henriette que tu voulais ces lettres... mais tout simplement pour en être le seul propriétaire, ce qui fait que tu aurais pu toucher pour ton compte les cent mille francs en question et probablement filer avec la donzelle qui te tient au cœur... La troisième raison, c'est que, s'il s'agit d'une restitution de lettres à Mᵐᵉ Jodry-Thuret contre argent comptant, je ne vois pas que ta présence soit absolument indispensable, et je peux m'acquitter de la mission aussi bien que toi... La quatrième raison, c'est que les lettres m'appartiennent, à moi, ta femme, et ne t'appartiennent pas à toi, mon homme... Et voilà... Que ça te plaise ou non, tu ne sauras pas où je les ai cachées... et je les garde...

Il eut encore un geste de menace.

Elle le calma d'un mot :

— La dernière raison est la conséquence de la première... J'ai dit, en commençant, que tu n'étais qu'un imbécile, mon pauvre Jérémit, et je vais te le prouver... Martin et Martine se moquent de toi... Par qui sont-ils payés ? Je n'en sais rien... à moins qu'ils ne soient à la solde d'Henriette... Martin est un habile homme, chef d'une agence de renseignements, à Paris, et Martine est une de ses employées, tout simplement. Je me suis mis en tête de connaître ce qu'ils valent, depuis que je t'ai vu, toi, si amouraché

de la belle fille... Leur arrivée dans le pays et surtout leur amitié pour toi m'avaient donné des soupçons...

— Es-tu sûre ? dit-il, soudain presque apaisé.

— Oui... Et si je n'avais pas veillé, nous étions enflés de cent mille francs, mon pauvre homme... Comprends-tu le mécanisme ? C'est simple comme le jour... Henriette devait donner cent mille francs pour ses lettres... Elle a dû aller trouver l'agent Martin en lui disant : « Je vous donne dix, quinze, vingt mille francs pour ravoir mes lettres... » C'était encore quatre-vingt mille francs qu'elle gagnait. Et elle se débarrassait de nous. Hé ! hé ! l'affaire n'était pas mauvaise... Et tu y allais bon jeu, bon argent, toi, mon pauvre homme... Je ne t'en fais pas mon compliment !...

Il restait hébété devant la logique méprisante de sa femme, et répétait :

— Tu es sûre ?... là, tu es vraiment sûre ?...

— Tout ce que je pourrais te dire ne te convaincrait pas... Il te faut des preuves !...

— Dame ! mets-toi à ma place ! dit-il naïvement.

— Et si je te les donne, ces preuves ?

— Nous nous vengerons... je te le promets...

— Comment l'entends-tu ?

— Nous nous vengerons de la belle Henriette en lui demandant cent cinquante mille francs au lieu de cent mille.

— Bravo ! je te retrouve.

— Et maintenant, veux-tu me dire où tu as caché de nouveau les lettres ?

— Oh ! que non, je ne te le dirai pas tout de suite...

— Alors, quand ?

— Lorsque nous serons rentrés de Paris... je te jure...

— Nous allons à Paris ?

— Tout droit, si tu veux, à l'agence de ton ami. Après, tu ne douteras plus...

— Je te laisse faire, tu es plus forte

que moi... mais je te promets que Martin recevra la plus belle raclée du monde, si tu ne m'as pas trompé...

— Tu vas encore me promettre de ne lui rien faire, et de ne lui dire rien du tout, au contraire... Nous n'en serons que plus forts si nous faisons les innocents.

Elle avait raison. Il le reconnut encore.

Ils résolurent de se rendre à Paris le lendemain. Mais le lendemain était le jour dont il était convenu pour s'enfuir avec Martine... Il revit celle-ci dans le courant de la soirée. Elle lui demanda tout bas :

— C'est toujours entendu ?

Il ne sut tout d'abord que répondre, partagé entre sa rancune et son amour violent pour cette femme. La rancune et l'intérêt parlèrent plus haut que la passion et il répondit :

— Non... pas demain, mais un peu plus tard... Je vous préviendrai...

Elle vit cette gêne et cette hésitation. Un quart d'heure après, Martin était mis au courant.

— Il se passe quelque chose, dit-elle, mais je ne sais pas quoi... Je suppose toutefois que l'honnête Jérémit n'a pas trouvé les lettres ou qu'il se sera querellé avec sa femme... Enfin l'affaire me paraît manquée...

— C'est à voir, dit Martin, il ne faut pas se décourager pour si peu...

— Que comptes-tu faire ?

— Je tâterai Jérémit tout à l'heure au café... Ce soir, je te donnerai mes instructions...

Le soir quand il rentra, il dit :

— Les Jérémit vont à Paris demain... l'homme a complètement changé d'allure à mon égard... Pour moi, j'en suis sûr, il a pénétré mon secret... il se doute de ce que je suis et son voyage de demain n'a pas d'autre but que d'en acquérir la certitude... Quoi qu'il en soit, nous aurons demain une journée entière

pendant laquelle tous deux vont s'absenter. La maison sera vidé. Tout me dit que les lettres y sont cachées ; Jérémit ne connaissait pas la cachette ; sa femme est plus fine que lui. Donc, il faut agir. Tu agiras.

— Où chercher le magot ? Ce n'est pas commode...

— C'est une femme qui a inventé la cachette ; pour la découvrir, il n'y a au monde que l'imagination d'une femme... Cherche... La porte de la maison sera fermée et les Jérémit emporteront la clef avec eux, mais ce n'est pas un pareil obstacle qui t'arrêtera... Tu sais où je cache nos instruments... la maison est un peu isolée du village... tu seras bien tranquille pour ta besogne, et je suis sûr que personne ne te dérangera...

Le lendemain, Martin prenait un train du matin pour Paris. Vers onze heures, Jérémit et sa femme en faisaient autant.

Comme la villa louée par Martin était sur la route qui conduisait à la gare, Martine, cachée derrière les persiennes, les aperçut endimanchés.

L'homme, à cause de sa femme, n'osa lever les yeux vers la gentille maison aux alentours de laquelle il avait rôdé si souvent.

Quant à Marie, elle releva la tête avec un sourire narquois.

Elle triomphait. Et elle se promettait bien d'aller la trouver et de lui dire son fait, à cette belle fille qui avait failli troubler son ménage.

Ils disparurent au loin.

Martine ne se pressa point de s'acquitter de sa tâche délicate.

Elle attendit que l'heure du train fût passée.

Alors, bien certaine, désormais, d'avoir quelques heures de liberté, elle sortit.

Elle fit un grand détour pour arriver à la maison des Jérémit et fut assez heureuse pour ne rencontrer personne.

On était en plein midi et il faisait une chaleur torride.

Le village était désert. Déserts aussi les bords de la Seine.

Martine a emporté toute une trousse de fausses clefs dans un sac à main. Elle en essaye prestement trois ou quatre, et, après chaque tentative, jette un coup d'œil autour d'elle, pour s'assurer qu'on ne peut la voir. Mais c'est la solitude complète.

A la cinquième tentative, la clef tourne dans la serrure. La porte s'ouvre.

Martine entre, et referme la porte derrière elle.

Elle entr'ouvre les persiennes pour avoir un peu de lumière.

Et, tout à coup, elle étouffe un cri de frayeur.

Mais aussitôt elle se met à rire.

Ce qui a causé sa frayeur, c'est que quelque chose de souple et de chaud vient de sauter légèrement sur son épaule.

Et ce qui l'a fait rire, c'est que c'est un jeune chat qui la caresse...

Martine s'assied... prend, d'un regard subtil, possession de tout ce qui se trouve autour d'elle...

La maison, elle la connaît. Elle sait de quoi ce logement se compose.

Deux petites pièces en bas dont l'une sert de salle à manger, et l'autre de chambre à coucher.

Au-dessus, deux autres pièces qui ne sont même pas meublées.

Et sur ces deux pièces, les greniers.

En bas, dans un sous-sol, est la cuisine, avec une table ronde, des chaises de paille, des outils de jardinage, des casseroles et des fourneaux. Et dans une vaste armoire, entr'ouverte, des assiettes, des verres, des fourchettes, etc., avec des bouteilles pleines et des bouteilles vides. Le seul ornement était une batterie de cuisine en cuivre rouge. Tout cela, du reste, et Martine le reconnut au premier coup d'œil, était très bien tenu et d'une extrême propreté.

Elle mit une heure à tout visiter, retournant chaque objet, ne laissant pas en place le moindre ustensile.

Sur la table, avant de partir, Marie avait laissé son ouvrage : des bas de laine brune qu'elle était en train de tricoter, à ses moments perdus.

Martine bouleversa de fond en comble le panier, sans rien découvrir. Une pelote de laine grosse comme un œuf d'autruche roula sous la table, sans que la jeune femme y prît garde.

Et le jeune chat, comme s'il avait compris qu'il y avait là une invitation à se divertir, se jeta d'un bond sur la pelote, la fit rouler, à coup de pattes, la dévidant ainsi tout le long de la cuisine, pendant que Martine passait dans l'autre pièce.

Celle-ci était la chambre à coucher.

Meublée d'un lit, de deux hautes armoires normandes pleines de linge, emplies jusqu'à en faire craquer les planches. Les clefs étaient sur les portes.

Ouverts également, les tiroirs d'une commode à dessus de marbre, où il y avait des colifichets, des mouchoirs, des cravates, de la soie, de la laine, des boutons, des bas, des chaussettes, un chapeau, des bonnets, toute sorte de choses qu'elle passa en revue, méticuleusement, comme le reste.

Les armoires aussi furent inspectées.

Elle ne respecta pas le lit, tâta les matelas, le sommier, alla jusqu'à découdre et recoudre des coins où fourrer ses bras, tout cela d'une main experte et expérimentée.

Elle souleva la pendule, sur la cheminée, renversa des vases de porcelaine commune, gagnés au tourniquet dans des fêtes foraines, dérangea tous les meubles, afin de s'assurer que les pieds n'en étaient pas calés avec les lettres qu'elle cherchait, inspecta les briques du carrelage, partout, cognant contre les murs dans les moindres recoins, afin de ne pas laisser échapper un vide, une cachetta, ouvrit et secoua les rares livres qu'elle rencontra, d'où s'éparpillèrent des notes sans valeur, froissa entre ses mains les oreillers, déplia un morceau de papier qui servait de bouchon à une carafe, regarda derrière une glace, derrière des photographies et des chromos pendus aux murs, passa, enfin, autour d'elle, une inspection à laquelle rien ne pouvait résister. Les lettres restaient invisibles et elle ne trouva même pas la moindre somme d'argent. Sans doute Marie avait emporté tout sur elle.

Tout en rêvant, Martine remit partout beaucoup d'ordre, afin que les Jérémit ne vinssent point à soupçonner son passage.

Elle avait encore à visiter les deux chambres du premier étage et le grenier. Les chambres n'ayant aucun meuble, elle n'espérait plus réussir que dans l'amoncellement de détritus de toute sorte dont le grenier était rempli.

L'escalier qui y conduisait partait du sous-sol et accédait à la cuisine.

Elle revint donc dans la cuisine et elle avait déjà mis le pied sur la première marche, lorsqu'elle s'arrêta tout à coup devant l'emmêlement inextricable, ouvrage du jeune chat, qui s'offrait à sa vue, et devant lequel la gentille petite bête, très fière, venait de s'asseoir en contemplation.

La cuisine tout entière était remplie par un réseau de laine défilée qui voltigeait autour des pieds de la table, roulait vers le fourneau de la cuisine, revenait sous une chaise, puis sous une autre, hasardait une autre tentative vers la porte, se raccrochait à un trépied qui servait à Marie Jérémit pour faire des lavages, et revenait brusquement vers des casseroles en fer battu qui s'alignaient devant la cheminée.

La pelote, grosse comme un œuf d'autruche, n'existait plus.

Elle était dispersée au hasard, immense filet avec des mailles de toutes grandeurs.

Mais une remarque attira soudain l'attention de Martine, en lui donnant un violent battement de cœur.

Les premiers fils de laine étaient attachés à un paquet de papiers roulés assez volumineux et c'était là devant, contemplant son œuvre, que le jeune chat s'était arrêté, comme s'il se fût demandé de quelle façon il allait s'y prendre pour mener ce travail de désordre jusqu'au bout...

Vivement, Martine ramasse le rouleau de papiers...

Ce sont des lettres !... Mais quelles lettres ?

Elle en ouvre une... ses mains tremblent... ses yeux se troublent... c'est à peine si elle peut en prendre connaissance...

Ce sont bien les lettres d'Henriette à Renaud Raigice...

Le nom de Renaud s'y étale à toutes les pages, au milieu des phrases de la passion la plus enflammée...

Et, quant à l'écriture d'Henriette, Martine la connaît.

Puis, audacieusement, les lettres d'amour ne sont-elles pas signées ?

Malgré son émotion intense, la jeune femme ne perd pas son sang-froid. Rapidement, elle met de l'ordre dans la cuisine, répare tous ces dégâts, repelote la laine et replace le tout dans le panier à ouvrage, bien en évidence sur la table, là où elle l'a trouvé tout à l'heure.

Elle jette un coup d'œil autour d'elle.

Vraiment, rien ne trahit les recherches auxquelles Martine vient de se livrer. Rien n'éveillera les soupçons chez Marie, ni chez Jérémit.

Elle file, triomphante, referme la porte, s'assure qu'aucun œil indiscret ne la regarde, qu'autour de la maison, maintenant comme tout à l'heure, c'est la solitude absolue.

Et elle s'empresse de s'éloigner, victorieuse.

*
* *

Le soir, vers sept heures, les Jérémit rentrent chez eux. Le voyage avait réussi, Marie avait donné des preuves que Martin, le riche rentier de Seine-Port, et le Martin qui tenait une agence de renseignements étaient le même homme.

On eût dit que, du reste, Martin s'était tracé comme programme de ne se point dissimuler à son copain de Seine-Port. Il vit fort bien, aux alentours de l'agence, le couple qui l'épiait.

Peu lui importait ! Il avait foi dans la ruse de Martine, lâchée en liberté dans la maison des paysans.

Et ce qu'allait tenter la jeune femme était son unique ressource, puisqu'il se sentait éventé...

Jérémit rentrait au village avec une colère sourde non pas seulement contre Martin, mais contre Martine.

Joué, bafoué par elle ! par cette habile comédienne !...

Marie, elle, triomphait.

Il s'assit dans un coin et resta immobile, près de la fenêtre, les yeux fixés sur la campagne où déjà descendaient les ténèbres.

Sa femme rallumait le feu, allait et venait dans la cuisine et préparait le repas du soir.

Après un long silence, il dit :

— Maintenant, tu peux bien me montrer ta cachette ?

— Oui, parce que je crois que cette aventure t'aura servi de leçon...

Elle lui jeta la pelote de laine sur les genoux.

Et en riant :

— Tiens, dévide ça jusqu'au bout et tu trouveras le magot ! !

— Là-dedans ?

— Oui... Bonne idée, hein ? Personne ne penserait à mon peloton de laine ?

— Sûrement, et il n'y a pas à dire,

pour une femme qui a de l'imagination, c'est toi !...

Il s'amusa à dévider l'œuf d'autruche.

Marie ne le regardait même pas faire, tout occupée à sa cuisine.

Tout à coup, elle se retourna.

Une main brutale venait de s'appesantir sur son épaule et en même temps une autre main la serrait à la gorge. Un coup de genou dans les reins la cassa en deux et elle se tordit, ayant au-dessus d'elle la figure de Jérémit, en rage.

— Les lettres ? où as-tu mis les lettres ?

Elle râla :

— Dans le pelo... peloton de laine...

— Regarde !

Il lui montra l'œuf d'autruche... les lettres avaient disparu... Elle fit un mouvement si brusque qu'elle se dégagea de son étreinte... sauta sur les fils de laine qui traînaient, et, ne voyant rien, balbutia, terrifiée :

— Volés ! nous sommes volés !...

— Tu te moques de moi...

— Je te jure, Jérémit...

— Si tu ne me montres pas sur le quart d'heure les lettres de la belle Henriette, aussi vrai que nous sommes seuls tous les deux, je te fais passer le goût du pain...

Mais elle était si affolée... sa surprise et son épouvante étaient si vraies, si peu feintes, qu'il ne pouvait douter longtemps.

Tout à coup, elle s'effondra sur une chaise, releva son tablier sur ses yeux et éclata en sanglots furieux, convulsifs.

— Nous sommes ruinés ! nous sommes ruinés ! !

Ce fut tout ce qu'elle trouva, tout ce qu'elle put dire.

Jérémit, au contraire, recouvrait sa présence d'esprit.

— Y a-t-il longtemps que tu avais caché les lettres dans ce peloton ?

— Il y a trois jours, seulement...

— Et personne ne t'a vue ?

— Oh ! personne... j'avais tout fermé...

— Alors, c'est depuis trois jours que nous avons été volés !

— Non, pas même... Nous avons été volés depuis hier... car, hier, je me suis assurée que le magot s'y trouvait encore...

— Eh bien ! pendant notre absence, quelqu'un est venu et a deviné...

— Il le faut bien, dit-elle en se lamentant... Et ça ne peut être que cette Martine, puisque l'autre, puisque Martin était à Paris... Volés ! Nous sommes volés ! répétait-elle en pleurant... Plus de cent mille francs... ni de cinquante mille... ni même quatre sous... et c'est ta faute, à toi, Jérémit, entends-tu ?... Si tu n'avais pas été aussi ivrogne, aussi joueur, tu n'aurais pas fait la connaissance de ce Martin, et si tu n'avais pas été coureur, tu n'aurais pas essayé de débaucher la Martine qui ne demandait pas mieux que de te tromper, imbécile...

— Ma faute, à moi ?

— Oui, ta faute, uniquement ta faute.

— Répète-le encore un peu, pour voir, dit-il menaçant.

— Je le répète et je dis : ta faute ! ta faute !

Alors, il se jeta sur elle les poings fermés. Elle saisit une paire de pincettes. Et ils se battirent, silencieusement, rageurs, fous de désespoir et de colère, jusqu'au moment où, n'en pouvant plus, ils tombèrent, épuisés mais calmés.

Et Jérémit résuma la situation qui leur était faite à tous les deux, lamentable :

— Va falloir travailler, maintenant... C'est du propre !...

VIII

MAITRE JODRY-THURET

Henriette avait dit à Renaud :

— Epouseras-tu toujours Liliane ?

Et Renaud avait répondu, bouleversé, redoutant toutes les catastrophes :

— Non.

A quoi Henriette avait répliqué, en riant :

— C'est parfait. Je ne t'en demande pas davantage...

Mais quand il se retrouva devant sa fiancée, au milieu de ce bonheur qu'il voyait autour de lui, il n'eut pas le courage de parler.

De tous les côtés, quelle que fût sa résolution, il voyait la catastrophe.

Ou bien il renonçait à son mariage sans pouvoir donner de motif à un aussi étrange revirement, et alors, c'était l'inquiétude chez Jacqueline, la tristesse et le mécontentement chez Gervoise, les larmes, les reproches chez Liliane...

Ou bien il laissait aller les choses, sans obéir à Henriette.

Et le désastre était encore plus grand... Trois vies se brisaient du même coup... et des innocents étaient frappés !

Que faire ? Il ne pouvait se résoudre à prendre son parti et il traversait une période douloureuse, torturante, où il désespérait de tout.

Ce fut au milieu de ces hésitations qu'il reçut au château même de Primerose, qu'il habitait, comme nous l'avons dit, une lettre d'Henriette.

Cette lettre était courte. Elle ne disait que ces quelques mots :

« Je n'ai pas entendu parler de la
« rupture de votre mariage. Je vous rap-
« pelle votre promesse et la mienne...
« Vous avez changé d'avis peut-être...
« Moi je n'ai pas changé de résolution...
« Je vous donne vingt-quatre heures en-
« core pour quitter Primerose et pour
« que la rupture de votre mariage avec
« Liliane soit connue... connue et annon-
« cée officiellement... Si votre suprême
« décision dure plus de vingt-quatre heu-
« res, au bout de ce temps, moi j'agirai
« sans pitié... »

Il déchira cette lettre. Il voulut parler

à Liliane, s'entretenir avec Jacqueline et Gervoise, chercha des prétextes, une histoire, ne trouva rien. Un instant il se dit que peut-être, en fuyant, sans instruire personne de sa disparition, cela mettrait fin à cette situation intolérable ?...

Mais cette fuite était une lâcheté...

Cette fuite, ainsi, dans l'ombre, silencieuse, sans un mot, lui attirerait le mépris de Liliane.

Puis, c'était une des faces du problème qui lui était posé. Et il ne pouvait se résoudre à adopter aucune des deux solutions, puisque toutes les deux sèmeraient autour de lui des ruines.

Les vingt-quatre heures s'écoulèrent.

Il ne répondit pas à Henriette. Et il ne lui obéit pas.

Le terme fixé approchait. Il savait qu'elle n'oublierait pas. Il se laissait aller à la dérive, sans pensées, sans courage, emporté par cette tempête.

Il reçut le matin encore un mot :

« C'est à quatre heures qu'expire le dé-« lai que je vous ai consenti. Je n'atten-« drai pas une heure de plus... A ce « soir... »

Ce même jour, Gervoise donnait une matinée, à laquelle il avait invité les châtelains ses voisins. Le contrat de mariage était signé, Gervoise fêtait son bonheur et le bonheur de Liliane. En signant, la main de Renaud avait terriblement tremblé, mais il était allé jusqu'au bout. Et il s'était tu.

Mais cette fête n'était-elle pas comme le signal de la catastrophe qu'il prévoyait, et que rien maintenant ne pourrait retarder ?

Jodry-Thuret et Henriette y assistaient.

La signature du contrat avait été suivie d'un déjeuner auquel l'avocat et sa femme avaient été conviés.

Et depuis qu'elle était là, Henriette, extrêmement pâle, avait vainement cherché à rencontrer le regard de son ancien amant.

Vers quatre heures, elle réussit pourtant à le rejoindre au moment où il allait entrer dans la serre. Celle-ci était vide. Personne ne s'y trouvait. Et Renaud, au milieu de cette fête et de ces visages si heureux, dont le bonheur si près de s'écrouler le faisait souffrir, Renaud cherchait la solitude.

Henriette le guettait depuis longtemps et se trouva sur son passage.

Rapidement, elle lui dit :

— Ainsi, vous avez réfléchi ? Ainsi, vous me refusez ?

Il voulut passer sans répondre, mais elle eut le temps de lui dire encore :

— Vous croyez que je n'irai pas jusqu'au bout de ma vengeance ?... Avant une heure, Liliane saura tout...

Et elle le laissa pendant qu'il entrait dans la serre ; elle revint vers les salons. Renaud, dans un accablement immense, se laissa tomber dans un fauteuil et, les mains contre son front, ferma les yeux. Tout à coup, à peine était-il là — parmi les fleurs et les plantes et tout près d'un vaste bassin dont le jet d'eau murmurait en clapotis comme une fontaine — qu'il eut la sensation que quelqu'un le regardait avec attention.

Il releva le front, et ne retint pas un brusque mouvement de surprise et même de frayeur, en apercevant Jodry-Thuret.

Le vieillard était d'une pâleur extrême.

Avait-il donc entendu les dernières paroles d'Henriette ?

Renaud voulut sourire, essaya de trouver quelques mots, ne le put, et il attendit sous le regard singulier de l'avocat.

Celui-ci alla chercher une chaise et la plaça près du fauteuil de Renaud.

Il s'assit, resta longtemps silencieux, puis tout à coup à voix basse :

— J'ai surpris tout à l'heure, sans le vouloir, ce qu'elle vous disait...

Il avait surpris... soit !... Mais qu'avait-il pu comprendre ?

Mais plus bas le vieillard continuait :

— Ainsi, vous êtes toujours son amant ?

C'était la foudre qui tombait sur Renaud Raigice. Il se leva, brusque, regarda le vieillard, puis retomba, les jambes cassées, disant seulement :

— Oh ! mon ami ! oh ! mon ami !

Jodry-Thuret hocha la tête et dit, doux et triste :

— Je sais tout ce qui s'est passé autrefois entre vous et elle, et je connais la femme pour l'honneur de laquelle vous vous êtes dévoué en cour d'assises... Mais je croyais qu'à cause... de la lâcheté de cette femme... votre amour était mort... et je ne pouvais pas croire qu'il aurait survécu à l'amitié que j'avais pour vous et que vous sembliez avoir pour moi !... Oh ! Renaud ! Renaud !

Il était tenté de glisser aux genoux de cet homme et de lui demander pardon pour toute la souffrance dont il était cause.

Mais on pouvait entrer, le voir...

Toutefois, sa probité se révolta contre un pareil soupçon...

— Jusqu'aujourd'hui et depuis le jour où vous m'avez connu, dit-il, je n'ai jamais, jamais été indigne de ce nom d'ami... que vous me donniez.

— Est-il vrai ? Et puis-je vous croire ?

— Par tout l'amour que j'ai pour Liliane, et dont vous ne pouvez douter, puisque vous avez été le confident de mes angoisses, je vous le jure.

Jodry-Thuret resta longtemps silencieux, puis articula péniblement :

— Je voudrais vous croire, mais le puis-je ? Le puis-je ? Tout à l'heure, n'ai-je pas entendu Henriette qui vous parlait sur le ton d'une femme qui vous dominait encore, et qui, même, vous donnait des ordres...

— Non, dit Renaud, entraîné malgré lui par la douleur de cette situation en-tre les deux hommes et aussi par l'imminence du danger... Non, elle ne me donnait pas d'ordres... elle me menaçait de sa vengeance !...

— De sa vengeance ? Et pourquoi ?

— Ah ! puisque vous savez maintenant ce secret de honte, et malgré moi, puisque votre certitude, je le vois, hélas ! est complète, et puisque je ne suis pour rien, moi, dans cette révélation, je puis vous dire ce que vous ignorez encore...

« Empêchez, si vous le pouvez, qu'un grand crime s'accomplisse, ici même, en cet instant...

« Empêchez-le, hélas ! s'il n'est pas trop tard !

— Que voulez-vous dire ?... De quoi parlez-vous ?

« Et puisque les minutes sont comptées, pourquoi hésitez-vous ?

— C'est presque un secret de mort que j'ai sur le cœur.

— Je ne puis plus m'étonner de rien...

— Il y a des innocents à sauver.

— Alors, hâtez-vous !

— Eh bien ! écoutez ceci, monsieur — vous que j'aime et que j'ai le droit d'aimer en dépit de tout. — Liliane est la fille de Villedieu et de Jacqueline... et c'est Jacqueline qui a assassiné Villedieu...

« Ce secret, je ne suis pas seul, hélas ! à le posséder...

« Une femme le connaît qui a juré d'empêcher mon mariage, en frappant partout, autour d'elle... et déjà peut-être... Liliane...

— Henriette... n'est-ce pas ?...

Renaud baissa la tête, mais ne prononça pas ce nom.

Le vieillard avait compris. Il se leva lourdement, appuyé sur sa canne.

— C'est bien, dit-il, laissez-moi... J'ai besoin d'être seul...

— Que comptez-vous faire ?...

— Je veux empêcher le crime qui se prépare...

— Dites-moi, du moins, que vous me croyez... dites-moi que je n'ai pas démérité de vous... qu'en cela la fatalité a tout fait... et que je ne suis coupable de rien... ah ! mon ami, pas même d'une mauvaise pensée...

Le vieillard tendit la main en tremblant.

— Je ne l'ai jamais cru... et puisque vous n'avez jamais commis de faute contre moi, je n'ai rien à vous pardonner...

Il fit un geste de nouveau :

— Laissez-moi, laissez-moi, le temps presse... vous l'avez dit vous-même...

Jodry-Thuret se dirigea lentement vers les salons.

Il aperçut tout à coup Henriette qui, sans prendre garde à lui, se dirigeait vers Liliane.

Celle-ci, un moment, se trouva seule. Jusqu'alors elle avait été très entourée et Henriette n'avait pu l'entretenir.

L'avocat remarqua que quelques paroles rapides s'échangeaient entre les deux femmes, à la suite de quoi Liliane parut surprise, se troubla et pâlit.

Puis Henriette s'éloigna, passa auprès de son mari sans le voir et sembla se diriger vers la serre.

Alors il aborda Liliane :

— Mon enfant, deux mots ?

Elle lui sourit, vint à lui et prit son bras, mais elle paraissait préoccupée.

— J'ai besoin que vous me répondiez en toute franchise...

— Questionnez... dit-elle souriant toujours.

— Ma femme vient de causer avec vous...

— Il est vrai.

— Elle vous a donné un rendez-vous.

— Oui, dit l'enfant avec étonnement.

— Pour quel jour ? Pour quelle heure ?

— Je dois la rejoindre à l'instant même...

— En quel endroit ?

— Dans la serre.

— Elle ne vous a rien dit de plus ?

— Elle a ajouté : « Il y va de votre bonheur et de votre honneur ! »

— Ne vous préoccupez plus de ce rendez-vous.

« Votre bonheur et votre honneur étaient menacés, et ma femme avait raison de vouloir vous mettre en garde.

« Ils ne le sont plus maintenant et votre rendez-vous avec Henriette devient inutile...

— Pourtant, monsieur... fit-elle indécise.

— Je vous le jure, dit-il gravement... Je vais rejoindre Henriette dans la serre où elle vous attend et si vous le désirez elle viendra vous rassurer elle-même ensuite...

— Je remets donc mon bonheur et mon honneur entre vos mains...

— Vous faites bien, mon enfant... je vous réponds de l'un comme de l'autre...

Il la quitta et, d'un pas lourd, que semblait alourdir encore la mission qu'il venait d'assumer, il se dirigea vers la serre... Henriette s'y trouvait.

Elle réprima un geste de surprise et d'anxiété en voyant entrer son mari qui, sans essayer de presser le pas, se dirigea vers elle.

Sans autre préambule, il lui dit nettement :

— Ce n'est pas moi que vous attendiez...

— Mais...

— Non, ce n'est pas moi... ne mentez pas... Vous attendiez Liliane...

— Mon Dieu, oui, dit-elle en riant — bien qu'elle ne fût pas le moins du monde rassurée, car elle voyait à son mari des yeux de colère et de mépris qu'elle ne lui connaissait pas — il n'y a vraiment pas là de quoi se cacher et de quoi mentir...

— Oh ! oui, dit-il, vous réservez vos mensonges pour des choses qui en valent la peine...

« Qu'aviez-vous à dire à cette enfant ?

— Je l'aime beaucoup, vous le savez, et je désirais causer avec elle, ne fût-ce qu'un moment, loin de la foule, pour la féliciter de son bonheur.

— Et c'est tout ?

— C'est tout, mon ami, dit-elle comme surprise et les yeux candides..

— Vous mentez encore, Henriette...

— Mon ami...

— Vous avez fait allusion à son bonheur et à son honneur. Voulez-vous me dire quels sont les dangers qui les menacent l'un et l'autre ?

Elle fut déconcertée et resta silencieuse.

Il continua, la voix plus âpre encore :

— Tout à l'heure, vous avez dit à Renaud Raigice ici même, — je l'ai entendu — que, puisqu'il se refusait à obéir à je ne sais quels ordres que vous lui aviez donnés, vous n'aviez plus qu'à vous livrer à vos projets de vengeance.

« Vous ne nierez pas, Henriette, que j'aie le droit d'exiger de vous que vous me disiez quels ordres vous pouviez donner à ce jeune homme, et quelle est la vengeance que vous voulez exercer...

Prise au piège, elle se taisait, effarée, ne trouvant rien à inventer.

Il haussa les épaules.

— Vous êtes une méprisable, une infâme créature...

— Monsieur ! ! !

— Infâme, cent fois infâme !...

« Je n'ignore plus rien de ce que vous avez été et rien de ce que vous êtes...

« M'obligerez-vous donc à vous rappeler le passé de votre honte que vous teniez si bien caché et qu'un seul homme connaissait, victime de sa délicatesse, victime de ce secret ?

« Vous avez été la maîtresse de Renaud Raigice !

« Vous l'avez abandonné aux prises avec une accusation terrible sans essayer même de lui venir en aide...

« Vous avez plus tard surpris le mystère de la mort de votre père...

« Vous aviez surpris auparavant le mystère des amours de Jacqueline avec Villedieu et de la naissance de Liliane...

« Suis-je bien renseigné, madame ?

— Non, dit-elle avec une rage concentrée...

Elle se remettait pourtant tout en se voyant perdue, car elle n'abandonnait pas son projet de vengeance...

Elle croyait que tout ce que Jodry-Thuret venait de lui dire, il le tenait de l'indiscrétion de Renaud aux abois et qu'il n'avait pas de preuves...

Ces preuves, elles existaient, mais elle les savait entre les mains de Jérémit, et comment son mari aurait-il pu soupçonner qu'elles se trouvaient chez le paysan ?

Alors, ne lui restait-il pas la ressource de nier, de nier malgré tout ?

Faible ressource, il est vrai, mais elle s'y raccrochait quand même...

Il contemplait sa femme avec un mépris profond.

— Je devine vos pensées, dit-il... Vous voulez nier, mais je vous préviens que ceci est parfaitement inutile.

« Ce n'est pas d'aujourd'hui que je soupçonne votre inconduite...

« Je sais le motif de vos incessantes demandes d'argent... Je connais l'histoire de votre collier de perles fausses...

« J'ai les comptes rendus sténographiés et pour ainsi dire la photographie de vos rendez-vous clandestins avec l'usurier Galmuche, auquel vous redevez encore dix mille francs, et je n'ignore rien de ce qui s'est passé entre vous et Jérémit, chez le marchand de vins de la rue de la Huchette, où vous vous êtes rendue après l'injonction que vous en aviez reçue par une lettre que j'ai surprise et reconstituée...

« Suis-je assez au courant de vos actes, madame ?

« Et, pour vous le prouver, dois-je

enfin, vous demander où, et par quels inavouables moyens, vous comptiez payer à Jérémit les cent mille francs qu'il vous a demandés contre la restitution pleine et entière de vos lettres d'amour ?

Les genoux de la misérable femme fléchissaient.

Cette fois, elle se voyait perdue, bien perdue, à la merci du vieillard...

Elle murmura !

— Pardon ! Pardon !

Avec une énergie singulière il répliqua :

— Jamais ! Jamais, entendez-vous, je ne vous pardonnerai...

« Mais je n'ai pas fini... Vous aviez pris comme prétexte de votre entretien avec Liliane qu'il s'agissait de son honneur et de son bonheur...

— J'étais folle, monsieur, ne me condamnez pas, pardonnez-moi !...

— Il s'agissait de son honneur en effet — car vous vouliez révéler à cette enfant, si charmante, si innocente, si digne d'être heureuse — vous vouliez lui révéler qu'elle est votre sœur, fille de Jacqueline et de votre père... et vous seriez allée jusqu'à Gervoise à qui vous n'auriez pas épargné ce secret... Il s'agissait aussi de son bonheur sans doute, car vous aviez l'intention de révéler à cette enfant le crime de sa mère...

Il se tut.

Elle était près de s'évanouir. Mais il n'avait pas pitié.

Il avait trop souffert par elle. Son cœur n'était plus accessible à aucune compassion.

Il tira de sa poche un paquet de lettres.

— Voyez... Vous reconnaissez ceci, je suppose ?

Elle fit un signe de tête. Elle n'avait plus la force de parler.

— Secret pour secret, madame... Voici quels sont mes ordres...

« Vous vous tairez éternellement sur ce que vous savez...

« Obéirez-vous ?

— Oui, monsieur, j'obéirai.

— A cette condition, je ne me servirai pas de ces lettres...

« A la moindre indiscrétion, venant de vous — et toute indiscrétion ne pourra venir que de vous — j'en userai pour me séparer de vous et demander le divorce...

« Le divorce, madame, vous le savez, vous laissera dans la misère, car vous n'avez pas un sou de fortune...

« Vous êtes jeune encore et vous êtes belle et séduisante...

« Vous pourriez vous remarier et, loin de moi, être heureuse encore, après votre vengeance accomplie ; mais cela ne sera pas, car j'ai songé à tout...

« Si vous commettez une indiscrétion et si vous êtes la cause d'un scandale, vous l'aurez, ce scandale, complet, éclatant, tragique...

« Le procès du meurtre de Villedieu reviendra devant la cour d'assises avec Jacqueline sur le banc des accusés.

« Sans aucun doute, elle sera acquittée.

« Mais c'est moi qui prendrai sa défense et le monde entier, par ma voix, par la voix de votre mari, saura par quelle ignominieuse bassesse, par quelle lâcheté honteuse, vous avez trahi autrefois votre amant qui sacrifiait pour vous ce qu'un homme a de plus cher au monde, l'honneur...

« Vous m'avez bien compris, madame ?... Je ne pense pas qu'après une pareille révélation vous trouviez un mari, ni même un autre amant pour vous aimer et partager votre vie...

Elle était domptée. Il répéta :

— Vous m'obéirez, madame ?

— Je vous obéirai.

— Je serai inexorable, ne l'oubliez pas...

— Je vous obéirai.

— Vous continuerez de vivre auprès de moi.

« Aux yeux du monde, rien ne sera changé...

« Mais je vous préviens encore, afin de vous enlever toute mauvaise pensée, que vous ne pourrez pas compter sur ma mort pour retrouver votre liberté..

« Toutes mes précautions seront prises... et toutes les éventualités seront prévues, je vous le jure... Elles le sont déjà... Maintenant, prenez mon bras, veuillez essayer de sourire, rentrons au salon... Il nous faut accomplir un devoir...

« Vous féliciterez Liliane sur son mariage et son bonheur prochain...

Il sentit qu'elle frissonnait violemment.

Mais elle murmura, faible :

— Je vous obéirai en tout !

Liliane les aperçut et vint à eux, indécise et un peu tremblante.

Henriette balbutiait :

— Ma chère Liliane... je vous avais dit tout à l'heure que j'étais inquiète pour vous... pour votre bonheur et pour votre honneur...

« Mon mari vient de me rassurer complètement et vous pouvez vous abandonner tout entière à votre joie, à toutes vos espérances de félicité...

Liliane, spontanément soulagée, tendit la main.

Henriette y mit aussitôt la sienne. Elle était glacée.

Elle dit, défaillante, à l'oreille de Jodry-Thuret :

— Partons ! monsieur, je vous en supplie...

« Je suis à bout de forces.

Il répliqua froidement :

— Nous ne pouvons partir, madame... et je le regrette... remettez-vous...

Ils sortirent dans les jardins et firent quelques pas.

Le malaise passa. Alors, il l'obligea à rentrer dans les salons et à se mêler à la fête...

Elle obéit, passive, n'ayant plus de volonté.

IX

ÉPILOGUE

UN BONHEUR BIEN GAGNÉ

Le mariage eut lieu en octobre. Et rien ne vint plus l'entraver.

Le lendemain de la signature du contrat, Renaud Raigice avait reçu un mot de Jodry-Thuret dans lequel l'avocat lui disait :

« N'ayez plus aucune crainte... Aucun danger ne menace plus Liliane ni ceux qu'elle aime...

« Vous êtes digne du bonheur qui vous arrive et vous pouvez vous y abandonner sans remords. »

Renaud, en effet, ne revit pas Henriette.

Elle ne donna pas signe de vie.

Elle reparut seulement le jour du mariage, qui eut lieu dans la petite église du village.

Jodry-Thuret avait tenu à ce qu'elle y assistât.

Il ne voulait pas que cette absence éveillât même les plus lointains soupçons. Elle parut également à Primerose, y resta une partie de l'après-midi, feignant d'être calme, souriant à tous, témoignant à Liliane son affection la plus vive.

Sûr d'elle désormais, Jodry-Thuret ne la surveillait même pas. Il la tenait. Elle ne tenterait plus de briser sa chaîne.

Le soir, Renaud et sa femme partaient pour les Ardennes, les deux vieux de Neuvisy n'ayant pu faire le voyage.

Ils y restèrent huit jours.

Ils revinrent ensuite à Primerose. Aussitôt, ils se mirent à leurs préparatifs de départ pour New-York, où les grands intérêts de Denis Gervoise le rappelaient sans plus de retard.

Pour tous, sauf pour Jacqueline, c'était le bonheur complet.

C'était l'épanouissement d'une très grande joie.

Denis, sans soupçons, allait continuer de marcher dans la vie, sans qu'aucune de ces tristesses du passé, qu'il ne connaîtrait pas, vînt faire trébucher ses pas...

Liliane était au comble de ses vœux...

Et jamais son bonheur ne serait assombri par les révélations dont elle avait été menacée.

Déjà, même, tous ces souvenirs étaient loin, très loin d'elle.

La petite sauvage n'était-elle pas victorieuse, puisque, contre tous, elle avait fini par conquérir celui qu'elle aimait ?

Renaud s'abandonnait à cet amour avec emportement.

C'était une vie nouvelle qu'il retrouvait après tant d'heures lourdes, tant de journées découragées, tant d'années de deuil intime !

Seule Jacqueline était triste...

Et pourtant elle paraissait souriante à tous...

C'est qu'elle seule avait été coupable... si inconnue que fût sa faute...

C'est qu'elle seule était punie... si mystérieuse que fût la punition...

Elle était, la pauvre femme, condamnée à vivre auprès de Liliane sans jamais lui révéler sa maternité...

FIN

7-9-45 — IMP. REY-ROBERT, 2, RUE DE LA COLLÉGIALE, PARIS